KB168595

제주 가시리

황금알 시인선 273
제주 가시리

초판발행일 | 2023년 8월 18일

지은이 | 염화출
펴낸곳 | 도서출판 황금알
펴낸이 | 金永馥
주간 | 김영탁
편집실장 | 조경숙
표지디자인 | 칼라박스
주소 | 03088 서울시 종로구 이화장2길 29-3, 104호(동숭동)
전화 | 02)2275-9171
팩스 | 02)2275-9172
이메일 | tibet21@hanmail.net
홈페이지 | http://goldegg21.com
출판등록 | 2003년 03월 26일(제300-2003-230호)

값은 뒤표지에 있습니다.
ISBN 979-11-6815-057-7-03810

*이 책은 제주특별자치도와 제주문화예술재단의 2023년도 제주문화예술 지원사업 후원을 받아 발간되었습니다.

Jeju JFAC 제주문화예술재단 Jeju Foundation for Arts & Culture

제주 가시리

염화출 시집

황금알

| 시인의 말 |

네 권의 시집을 묶은 후,

뭍을 떠나고
시는 아스라이 멀어졌다

색色을 버리니
비로소, 나는 섬이 되었다

차 례

1부

손바닥선인장 · 12
제주 가시리 · 13
고요를 묻다 · 14
개화기 · 16
나의 부력 · 18
가시 꽃 · 19
이 봄밤의 향기는 · 20
그늘에 스미다 · 22
댕유자처럼 · 24
마스크 시대 · 26
불면의 방 · 28
가을 나그네 · 30
간극 · 32
싸락눈 내리는 날의 시 · 34

2부

곡우穀雨 · 38
고독한 러너 · 40
그믐 · 43
균열의 봄 · 44
금등화 · 46
달관의 힘 · 47
기일忌日 · 48
나비처럼 · 50
눈사람 · 52
꿈꾸는 늦가을 · 54
만추晩秋 · 56
말씀의 사원 · 58
향기에 젖다 · 60
먹낭 · 62

3부

무극無極 · 66
색色을 버리다 · 68
아슬하게 익어가는 · 70
바람의 노래 · 71
바다가 쏟아지다 · 72
비문 · 74
온기에 대하여 · 76
바람개비 · 78
백년초 · 80
비양도 · 82
비양봉 · 83
분화구를 지나다 · 84
부암동 · 86
봄이 쓰다 · 88

4부

격랑의 저편에서 · 90
포구의 밤은 가등을 켜고 · 91
新, 세한도 · 92
불두화 · 93
재회 · 94
접목의 기억 · 96
제주삼춘 · 98
지나간다 · 100
풍속風速 · 102
하귤나무 심기 · 104
장마 · 106
봄의 파이터 · 108
자유부인 · 110
반려伴侶의 장소 · 112
김 노인의 시간 · 114

■ 해설 | 호병탁
'짠 물에 부르튼 맨발'의 향내와 그 아름다움 · 115

1부

손바닥선인장

손바닥만 한 네가 내게로 왔다. 앙다문 입술도 일말의 망설임도 없이, 황색의 꽃잎으로 내 발아래 있다. 오후의 소낙비처럼 휑한 눈꺼풀에 이슬이 맺혔다. 겨울비가 추적였고 네가 주먹을 후려치는 순간, 백 개의 가시가 내 가슴에 박혔다. 네가 쏟아 낸 각혈처럼 물보라 치는 태풍들이 제 기세를 낮추는 관조觀照의. 봄, 사계를 맨바닥에서 꽃인 듯, 가시인 듯, 백 년의 세월을 붙잡고 있다. 죽어 사는 이와 살아 죽은 이의 차이가 있을까 저만큼 봄날은 감각도 없이 찾아든다. 굉음을 동행하고.

제주 가시리

발자국 따라 굽이굽이 녹산로의 숲길 따라 걷는다 사월의 뇌관은 빙하기의 기압과 맞붙어 병풍으로 둘러싸여 있네 길 따라 가시리 풍차의 동쪽 마을 막막한 능선을 떠안고 동남쪽 저, 깊은 한라의 심연에 닿았네 아른대는 수평선 뒤로 하고 먼 지평선에 붙은 봄날의 사진, 갤러리 김영갑은 보이질 않네

비경은 바람 부는 탐방 길에 몰려있네 맨발의 평원 큰 바람개비 장엄한 풍광 빙글빙글 돌아가는 지친 발걸음 네모난 의자에 앉아있네 인생사진 없는 나는 순례자, 오메기떡 청귤 에이드 이주민의 정착지에서 보드라운 속살을 내보이는 유도화는 지고 누군가 꺾어놓은 가지에 붉은 바람의 생채기가 아물어가네

잠시 머물다 가는 갑마장 길 조랑말과 꽃잎을 맞으며 노랑 물결 따라 걷는 탐라의 여행자 전망대 왼쪽으로 파란 손수건을 흔들다가 울퉁불퉁 어느 모살밭*꼼지락거리는 꽃무릇도 부활초를 켜는,

* 모살밭 : 모래밭, 제주의 방언

고요를 묻다

작은 어촌마을
칠 벗겨진 나무대문 사이로 돌하르방 내외가 우묵하다
담벼락을 차지한 담쟁이덩굴이 돌확 위에도 뿌리를 내렸다
좁다란 통로와 앞마당 가득 새파란 오가피 잎잎이
가시를 감추고 알싸한 향기로 날아든다
업무지원 가는 길, 잠시 들러가는 독거노인의 집
안부를 묻기 위해 인기척 없는 방문을 살피다가
화답 없는 노크 소리처럼 무표정한
노인을 만나곤 한다
나를 버리고 내 것을 내어주고
허기진 피붙이의 표적이 되어버린 것인가
웃음을 되찾은 날의 고요는 어떤 마음의 연장선이었을까
주름진 어깨에 살포시 내려앉은 햇살은
저 구불한 노인의 표정을 읽을 수 있을까
많은 오늘을 만나고
어떤 균열, 그 갈라진 틈새에서 내 피붙이는 믿음을 회복할까

위엄 있게 때론 능숙하게
저, 속임수를 따라가는 봄볕의 고요를 묻는다

개화기

화산섬에 새봄이 도착했다
노인복지관 앞,
막 도착한 목련이 환하다

십 년이 지나는 동안
이곳이 나의 터전이라고는 생각지 않았다
삶은 역마라는 걸 알게 되고
인연을 맺은 지금도 또한 습濕하다
문득, 꽃은 그때 핀다

주변을 마다한 채,
저 출렁이는 햇살을 따라가면
죽은 나무에 하나둘 등불이 걸리는 걸 볼 수 있다
바람은 또 일어서고 기어이
꽃은 내빼는 것인가

이사 올 때 옮겨온 나무
관절 마디가 토해내는 우두둑 소리
절룩이는 발가락의 통증을 체득한다

외상의 계급에 따라
새로 쓴, 연서戀書가 찌릿하게 아파 오는 날,
너도, 나도,
사랑하는 사람들이 손 흔들고 떠나간다
한 잎 두 잎 목련꽃이 손을 흔든다

저 꽃 마당 나서면
어머니, 아버지,
내 손을 꽉 잡은 남편의 손길을 만날 수 있을까
꽃잎의 눈시울이 붉다

벌써 세 번의 봄이 진 치고 있다

나의 부력

돛배 타고 물길 따라 먼바다로 떠나고 싶은
나는 전생의 잠녀였을까
어쩌자고 여기까지 흘러왔을까

자맥질하는 이승의 바다
얼마나 숨을 삼켜야만 물 밖으로 오를 수 있을까

짓누르는 수압
나의 부력은 점점 무거워지고
스티로폼에 의지한 테왁은 둥둥 떠내려간다

거센 돌풍을 헤치며 알몸뚱이로 떠가는 날들
버둥대는 돌풍이 되고 더러는 순한 훈풍이 되고
안개에 묻힌 난파선처럼 고립이 되고

헝클어진 물살 너머 잔잔한 남쪽 바다에 닿고서야
참았던 숨비소리를 내뱉는다

짠 물에 부르튼 맨발로

가시 꽃

저, 빈 풍경 끝
코발트 바다의 햇살마저
비통함이 흐르는 유배지 월령 포구 말이 없네

백년초 가시면류관을 쓰고 바라보네
뭇사람의 손길 닿지 않아
가시마다 제 안의 멍울을 푸르게 받들고 있네

잎새 없는 향기를 가시로 피우고
선인仙人의 반열에서 한 땀 한 땀 묵언 중이네

사계의 바늘 그림자 어둠 속 깊이
백 년 동안 바람을 들이네
죽어서도 빛을 들이네

고통 없이 피는 꽃 어디 있을까
가시가 영광이 되었네

이 봄밤의 향기는

저, 유채꽃 향기는 초록에 매몰된 상처
가끔 흘리는 눈물이 비리다
벼랑 끝 새벽을 잡아당기는 불꽃,
한발 봄빛들이 빨라졌다
맨땅을 헤집는 불새들 날아오르고
피 멍든 줄기 마디마디에 맥박이 뛴다
파랑과 노랑의 완벽한 조화
무거워진 바람에 비틀거려도
저만의 몸짓으로 수북한 봄볕을 삼키는 것이다
유배지에 첫발을 디뎠을 때,
설렘의 막막함을 안고 죽은 듯 고개를 숙였다
적막한 세상 흩뿌리는 인연의 밤들
이역만리 소식은 끊어지고
점차 굵어지는 해풍에 온몸을 내어주면 그뿐,
쉬 지치지 않는 나는 푸른 심장을 달았다
무너지지 않는 하늘처럼
단단한 돌바닥에 발 시린 생명의 집,
마땅히 제 숙명을 받아들이기로 했던 것이다
거센 빗줄기를 맞으며 울다 웃는 꽃의 목숨들

길바닥은 맨도롱하다*
저 피고 지는 사람들 속에서 어쩌다 가슴을 베었는가
서서히 놓아버린 기억처럼
잇몸 없는 터전에서 아예 눌러앉자던 약속
와락, 울어도 좋을 봄밤이 흘러간다

* 맨도롱하다 : 따뜻하다는 제주방언

그늘에 스미다

꽃가루가 터져 환하게 등불을 켜는 날
팽나무 그늘의 꽁무니마다 바람의 무늬가 따사롭다

구불구불 돌담길 돌아온
그늘이 나에게 스며든다

잠시, 오월의 빛에 붉게 빛나던 아름다운 한때
벌레 먹은 이파리에 목숨을 펼쳐놓고
바람을 부르는 나무,

명월의 나무 갈피에 폭낭의 고요가 스미고
사라진 순례길은 안내판도 없다

연초록 무늬에도 옹이가 자라고
두 팔을 구부려 이승의 강바닥 따라 걷다가 멈춰선 여기
혼자 돌 바위 된, 메마른 눈길의 사내를 불러본다

이승의 하늘에는 지도가 그려있다 나는,
방금 걸어온 245문수의 내 발자국들을 뒤돌아본다

살아온 시간들이 완만했었다고 외친다
그러나 이내 물처럼 휘어지고 달아난다

저,
바람의 곡선이 훑고 가는
강바닥의 하루, 나는 문밖에서 오래 내다보고 바라본다

댕유자처럼

토종 댕유자를 한창 수확 중인 농원
사철 바람 잦은 제주의 중산간 마을
강풍에도 주홍빛 열매는
달고도 쓴, 향기를 붙잡고 있어서
그 속 알맹이 향기가 멀리까지 퍼져간다

옆집 삼촌께서 알려주신 대로
실한 겉껍질을 벗기고
채 썰어 청을 만들기로 했다
여물고도 실한
과육의 향기가 단연 봄맞이의 시작이다

내가 뱉어낸 시집에서
덜 여물고 떫은 시의 파편들이 흩날린다
그 풍속의 노래는 쓰고 달고
때론, 휘어지다가
짐이 되어서 날아가곤 했다

감귤 작업은 모두 끝이 났지만,

내 수확의 기쁨은 위안이라기보다는
한겨울 복판에 근접한 살얼음에 가깝다
눈 쌓인 한라산 어리목
아직도 지극한 사람들의 발자국이 가파르다

내 빈 껍질들,
댕유자처럼 쓰디쓴 맛을 버린 다음에 알게 되었다

마스크 시대

하얗고 검은 마스크들이
도시를 점령했다

와글거리는 입들이 사라지고
눈빛이 사나워졌다

마스크를 쓰지 않은
꽃들만 의심 없이 활짝 웃었다

홀로 핀 봄은
서둘러 지고 말았다

이제 입은 필요 없어요
벙어리가 되어버린 사람들
의심의 눈초리로 서로를 쏘아본다

탄약 없는 전쟁터
소리 없는 총성에 숨이 막힌다

어디선가 심장을 노리고 있는데
둘러봐도 적군은 보이지 않는다

불면의 방

울부짖는 사이렌 소리가
폴리스 라인에 멈춰있다
머뭇거리는 골목에서 색바랜 현수막이 펄럭인다
동산처럼 쌓인 국화꽃 편지
밤새 잠 못 드는 밤, 핼러윈 데이
참사의 신음 소리가 뉴스를
핏빛으로 물들인다
목마른 입술에 바짝 오그라드는
바람 소리 타닥타닥
시퍼런 해일이 거대한 웅덩이를 만들고 있다

왁자한 세월이 불면을 동반한다
방어기제 없이 파장을 삼켜버리는 시절
차마 믿기지 않아서
목소리 톤을 낮추고 음울한 시간을 위로한다

채널을 돌려봐도 자막에 청춘의 신호음이 걸려든다
모자이크 처리된 비명에 귀를 막는다

이태원의 골목에 멈추어 선 까뭇한 그림자가
조촐한 제사상을 차려놓고 한참을 목놓아 울고 간다

가을 나그네

비 그친 주말
산책로 따라가 전망대에 선다

올레길 5코스 구간에서 바라본 푸른 수평선
기암괴석 울창한 숲
나무 터널도 시퍼렇다

가을로 가는 관문에서
신이 빚은 작품은 경이로운 비경이다

한반도 지형을 에워싼 산책로 중간쯤
마스크를 벗고 여행자처럼 하트로 포즈를 취하는 순간
지상낙원이 찍힌다
하지만 나의 인생 샷은 아직 오지 않았다

훌쩍 떠나 온 산책길
아직도 풋풋한 향수가 남아있을까
흙으로 빚으신 나의 그분은 지금쯤 어느 봉우리에 계실까

어깨를 감싼 단란한 가족들
손을 맞잡은 다정한 연인들
저마다 지상의 아름다운 오늘이 풋풋하다

날개가 접힌
어제는, 시공時空 밖에서 살았고
오늘은 홀로 나그네가 시공時空안에서 걷고 있다

간극

이사를 가야 한다
찬바람에 웅크리던 시간들이 풀리고 있다
맨 먼저 십 년 간 내 수족이었던 자동차를 없애려는데
콧노래로 봄바람을 들이던 시절이 길을 막고 서 있다
혼자서 해결할 수 없어 막막할 때도
자동차가 곁에 있었다
욱신대던 관절이 삐걱댈 때도
내 몸의 통증을 고스란히 받아주었다

어쩔 수 없이 떠나보내야 하는 것들이라면
어디 자동차뿐일까
쓸모없다고 버려지는 것들
나를 살피는 딸의 눈치도 심상치 않다
흩날리는 바닷바람에 잠시 잊고 지내온 날들이
노인의 희끗한 머리카락처럼 어깨를 지나 발등을 덮는다

시집간 딸아이는 이제 바꿀 때가 되었다면서
자동차 매매단지로 차를 몰고 간다
스마트키를 쥔 사내는 자동찻값을 후려치고 있다

속내를 모르는 딸아이는 목련 빛 자동차에 꽂혀 있다

흑진주 목걸이를 한 나는 목이 마르다
내가, 놓아야 할 저 봄날의 파릇한 살덩어리

몸집을 버리는 나와
몸집을 키우려는 딸의 표정이 봄바람에 살랑인다

싸락눈 내리는 날의 시

독거 어르신 방문하다
메말라가는 만생종 감귤을 보았다

계절을 잊은 후줄근한 황금 알맹이
물렁해진 할머니의 젖가슴처럼 물기가 다 빠져나갔다

아직도 노인은 벼린 호미를 쥐고 앉았다
끼니를 놓치고 찾아다닌 공공일자리
힘줄이 불거진 갈퀴 손에서 싱싱한 잡초들이 뽑혀 나온다

나는 늙은 팽나무에 기대어
허기진 저녁 어스름의 헛기침을 듣는데

그제야 구부정한 허리를 펴고 일어나는 노인
자식보다 좋은 선생님 찾아와 위로가 된다고 한다

순간 나는
손톱 칠한 게 부끄러워 쥐구멍이라도 찾고 싶었다

왜 알지 못했을까
제주에서는 매니큐어 칠한 손톱이 사치라는 것을

등 굽은 컨테이너 집 한 채,
솜방망이 싸락눈에 덮여 간다

2부

곡우穀雨

노랗게 황달 낀 눈꺼풀로
담장을 수리한 그는
마당 황칠나무에 상처를 내어 그 물을 받아먹곤 했다

휘몰아치는 높새바람에
조기잡이 한림항도 잠잠해지고
순장의 씨앗들이 서둘러 잠을 깨는
수상한 봄,

가시거리 짧은 하늘, 누런 먼지로 뒤덮이고
황사만장黃紗萬丈 펄럭이는 때,

짧은 햇볕을 일별하고 그가 죽었다

물집 터지는 올레길 거닐며 나는,
머리를 짧게 자르고
더 캄캄한 곳으로 휩쓸려가는 몸을 움직이고
먼 여행길 이보다 더 좋은 계절은 없을 거라 했다

낮은 봉분에 살포시 내려앉은 반쯤의 햇살

푸르러지는 바윗돌, 베어지는 삼나무 길에
아득한, 아흔아홉 골 구구곡九九谷 계곡은 더 깊어지고
뱃고동 없이 저무는 해거름녘,

터진 살갗을 어루만지는 마음의 소란이 한바탕 다녀간다

고독한 러너

앞만 보고 걷는다는 게 얼마나 다행한 일인가
마법에 걸린 것처럼 나는 무작정 여객선에 몸을 실었다
처음부터 이사할 결심은 아니었다

애당초 잘잘못이 명확지 않다

평탄한 길 위에서 상처가 자란다, 애써 나는 골똘히 걷는다
편히 쉴 수 있는 의자, 쉬어갈 그늘이 없다
3코스 구간이다
용수교차로에서 그 여정을 다시 밟는 날

엇갈린 나는 작별을 외면했다
10월의 푸르른 길을 따라 허물을 안고 무작정 또 걷는다
모자를 꾹 눌러쓰고 버프로 얼굴을 가린 채,

유배 길은 헐거워지고, 땀으로 얼룩진 시간을 서성인다
갖가지 상념들을 짊어지고 무리하게 진입한 고사리 숲길

마을 안쪽은 낭그늘이다,
나와 한 몸이었던 자동차부터 버렸다

저거흘* 연못가에 떠 있는 상징물이 괴기하다, 나선형 계단으로 오르는
올레길은 생각보다 가파르다
그는 무거운 중압감에서 벗어나고 싶었을까
흥법사 일주문에서 의자공원으로 다시 되돌아오는 옛길,
길은 언제나 쉼터가 아니다

팽나무 그늘에서 말 못 하는 늙은 백구를 만나기도 한다
소통하지 못한 나는, 짐승의 눈빛을 가늠해 보았다, 바람 빠진 풍선처럼
난 보호수 아래 한참을 누웠다 껍질을 벗지 못한 내가 에고이스트였을까

오백 년을 살아도 말 못 하는 나무는 사람이 아니다
불거진 옹이, 보호수가 되어버린 짐승의 형상

다시 맨몸이다, 잘려나간 나이테가 노랗다

마스크, 경량바람막이, 물병, 손가락 없는 장갑, 무거운 워킹화… 무작정 걷는
사람들의 캄캄함을 나무는 짐작이나 할까

훨훨 바람의 분기점이다

* 저거흘 : 자연적으로 형성된 연못

그믐

그믐 바다에
임인년壬寅年 등 굽은 물살을 타고 어머니 겨울 바다로
걸어오신다

망연히 바라보다 서둘러 떠나신
봄밤은 까마득한데,
살 에이는 자월의 삭풍에 슬그머니 찾아오신 밤,

새벽이 닿기 전에
여기까지 찾아온 내력 있을까

늙은 팽나무 위에 그믐달이 초롱하다, 상처 많은 나
무, 그 제단에 앉아 터진 살을 메운다
주름을 펴고 시멘트로 옹이를 메워도, 내가 잃은 건
형제뿐이 아니다
더운 피가 멎은 차가운 계절의 탓일까

어머니의 나라를 먼발치에서 바라본다. 나의 세상은
어머니 생전의 그 나라에 묻혀버렸다

균열의 봄

주는 것이 행복한 가난한 부자도 있다
누구는 자신을 위해 우애 따위는 버리고 아우의 살점을 떼어먹고
피붙이의 노여움을 사기도 하지만

미세먼지에 싸이고 검은 마스크에 봉인된 웃음
펴지지 않는 그늘을 드리운 봄날은 부글거리기 마련,

제 이익만 우선하는 이방인들은
자신이 조물주가 주신 흙의 조각품임을 알지 못했다
공기와 물, 그 물에도 쇠가 박혀있다는 것을

간과할 수 없는 시간이 파랗게 허물어지는 동안,
어긋난 틈새를 더는 메울 수 없다
물은 흙이 죽어야 살고
흙은 물이 죽어야 제구실을 할 수 있는 것

잘 마르지 않는 죄를 꺼내놓는 동안
내동댕이쳐진 서랍장, 문밖에 쓰러져 있다

그녀는 내 집 안팎을 지금껏 제집처럼 드나들었다

말하듯이 이루어지는 그 허세에 눌린 것처럼
돌아갈 길이 저무는데
허기진 몸으로 태어난 그와 나는 한 핏줄
남은 날들을 버리기에는 아니, 버려진 것이 아니기를

점점 소란스러워지는 봄볕이 잘려간 자리에
죽어서도 살아서도
형제 곁에 남는 일이 어디 그리 쉬운 일인가
이 궁리 저 궁리 속이 부러지는 봄날은 짧게 머물다 간다

금등화

제 목을 맨 여자가 있었지 그 목 메인 자리에 바소꼴 모양의 검붉은 멍울이 보이네 화산섬 분화구에서 피어난 민얼굴의 여자, 웃는 여자의 얼굴엔 수심이 깊었네 푸르렀다가 시들어가는 서녘 하늘, 한낮의 소낙비에도 곧은 자태로 골목길 담벼락에 손 뻗어 제 몸을 감싸네 뿌옇게 흐려지는 사라짐을 사라짐으로만, 이별을 이별로만 이해하였던 날들의 염원도 마스크를 벗지 못한 봄밤은 핏빛인걸요 목울대를 치는 건 붉은 바람이었지 제 몸의 물기를 말리지 못한 꽃무더기 흐날리네 두 눈 부릅뜨고 출렁거리는 가지 끝에, 조금씩 번져가는 찰나, 겹겹이 빛을 들이는 바람들, 지금, 대문 밖은 황홀경,

달관의 힘

무심하게 서 있는,
뒷마당의 감나무는 기미와 검버섯이 얼룩하다
어느결에 그 많은 꽃들이 익었을까
맨바닥을 일궈낸 아낙의 얼굴이다
여름 끝 떫은 치부를 흔들어대던 마파람 궂은 날들
비의 알갱이가 사정없이 후려치고
삐뚤빼뚤 말랑한 몸짓조차
야무진 자태가 단단하다
풋감의 열뜬 기억조차 이젠, 고요해진 마음으로 바라
본다
멀고 먼 그곳까지 내달리는 저 목숨들,
고개를 구부리고
온몸을 내주어 뿌리째 흔들릴 때도
가벼운 입담도 금물,
망연한 시간도 한껏 버텨내기
활처럼 휘어지는 시간, 또다시 새봄은 찾아든다
움칠하는 허공에 새떼를 품고
삭풍이 불면 다시 알몸으로
기꺼이 떨어지려는 마음이 붉다
계절은 약속이다

기일忌日

여보!
우리는 물이 되어요

어디든 흐를 수 있도록

바위까지 스며
단단한 심장까지 적시는
그런 물이 되어요

아니, 우리는 그렇게 사라지는
물이 아닌,
단단한 몽돌이었어요
가슴에 구르고 구르는

바람에
마른목어가손을흔들어요
껍질을벗긴나무토막이허공에매달려요
짙푸른잎사귀그림자가드리워진1100도로
여기가파른연록색에얼룩진층층계단

100일기도돌아가는삼나무길에차라리물이되어요아니
주저앉은돌바위되어요딱딱하게굳어진이끼라도

나비처럼

머리에 두건을 쓴 채 걷는다
어깨엔 고사리 배낭 산나물 가득
노루 한 마리 겅중거리며 뛰어가는
저지마을 곶자왈

십여 년 전
제주 섬나라 땅으로 날아올 때,
나를 가운데 두고
바람의 향배를 따라왔던 형제들
우리는 손을 맞잡고 있었다

속살을 드러내지 않는
풍랑의 두려움을 우리는 알지 못했다

제 몸에 드리워진 낭종에서
꽉 찬 중심부가 볼록해지는 것일까
물렁물렁해진 주변부에서
욕심을 부른 탓이었을까

진정 그를 위해 기도한 적 있는지
나에게 되묻곤 한다

그늘을 드리워 준 적이 많았던 나무,
날개가 다치고 살점을 파고드는
장대비 쏟아지는 아침

조금씩 밝아오면 생채기는 아물어가는 것일까
붉은 화산송이 쌓아 올린 먹구름 저녁은
비를 맞고 있다

눈사람

폭설 그친 뒤, 정독도서관 입구
모자를 눌러 쓴 한 사내
내 앞에 우뚝 서 있네, 가까울수록 더 멀어지는
차가울수록 더 단단해지는 한, 사내가
화동골목을 걷고 있네

발자국도 없이 물 위를 걷는 저 맨발의 그림자
때 없이 눈 맞추는 날
불쑥 퇴원을 하고
어느새 옆구리를 디밀고 하염없이 눈이 퍼붓는 날엔
빚을 핑계로 빛을 핑계로
췌장에 대하여
눈사람에 대하여

눈시울 붉어지는 섬망에 대하여
봉합되지 않는 통증에 대하여
그 모자를 눌러쓴, 아픈 후유증에 대하여

심장은 숨이 차고 황달 노랗게 찾아온

저녁은, 중환자실에 누워있었네
인공호흡기 달고 어두워지는 병실에서

'고흐의 모자'에 그 남자 뿔테 안경이 놓여있네
지금도 그 심장은 녹지 않았네
저만치 걸어가는, 키 작은 허수아비

날은 저물어가고
깨어보니 지키지 못한 약속의 시간이 멈춰있네
내 공복의 아침은 다시,
블랙홀에 빠지고

꿈꾸는 늦가을

천사의 나팔 꽃송이가 무리 지어 피어난 11월 끝자리,
마당의 등허리는 따스하다
온화한 빛들이 짙은 만추의 시간은
진솔한 생의 의지를 펼쳐 보인다

온기가 있는 지상의 그 어느 곳에서도
아직 찰나인 빛들은 그 경이로움을 피워올린다

어수룩한 귀퉁이에서 빈자리를 채워야 하는
나는 홑겹의 무늬가 돋보였다

일 마치고 돌아오면 퉁퉁 부어오른 발등
이제 와서야 고백하는 차가운 물에 발 담그며
엉엉 울던 날도 있었다

점멸을 반복하는 여객선이 닻을 내릴 때
마당 한 귀퉁이에 앉아
그 깜박이는 것들의 주변을 엿보다가 설핏,
돌무덤 강철 발바닥 그 애틋함을 본다

벼락처럼 퍼져가는 빛의 온기
어슬렁거리는 어둠의 내부가 온열로 채워진다
아침의 집에는 허연 입김이 사그라들고
그 중심을 잡고 끓어오르는 햇살, 쨍하다

만추晩秋

무위無爲 동산 길에
노자예술관으로 간다

이방인의 치기로
배낭 하나 달랑 메고 와
그 언저리에 얹혀 있다

황무지를 단무지로 바꾸기
오늘의 욕심을 덜어낸 미래 비석까지
가을이 질 때는
저답게 사는 길을 묻고 있다

제주 재활용공화국은
이방인의 객기가 뭉쳐진 곳

용암 뺄은 책 무덤,
지층이었던 시간에 올려놓고
생각은 더 깊어진다

탐나라 하늘 못, 빗물을 담아둔 늦가을도
제 매무새를 비춰본다

탐나라공화국*은 자투리 공간
상상의 나라에서만 사계절이 살고 있다

* 제주도 한림읍에 위치한 제주 상상 나라

말씀의 사원

고즈넉한 천왕사 초여름
초록색이 베어지고 있다
또 다른 곳으로 이주하는 쑥대낭*
덤프트럭이 흔들릴 때마다
풀어헤친 머릿결이 땅바닥에 닿는다

입술을 달싹여 흘리는 신음소리
국립묘지 조성사업을 알리는 안내판이 무색하게
빼곡한 하늘 숲이 어둑하게 가라앉는다

한라산 탐방로는 왜 자꾸 좁아지는지
변하지 않는 것은 아무것도 없어
푸념이 흘러나온다

죽은 것과 살아있는 것의 차이가 있을까
나도 모르게 한 남자의 그림자가 나를 에워싼다
충혼탑에 이름 석 자만 남기고 떠난 사내,
그 뒷모습을 떠올리며
덜컹덜컹 어디론가 실려 가는 삼나무 숲길에서

베어진 뭉툭한 나무를 다듬는 인부의 뒷모습을 바라만 볼 뿐

걷다 보면
어떤 구름에 가려졌던 날이 환하게 밝아지는 날
입술을 오므리던 문장의 행간을 다시 읽을 수 있겠다

* 쑥대낭 : 삼나무의 제주방언

향기에 젖다

두꺼운 외투를 벗고 무릎으로 듣는 말의 향기

일요법회 말씀의 사원에서
무거운 나를 벗어놓고
바람이 빠져나간 그윽한 말의 숨소리를 듣네

묵은 잎 털어내고
이따금 쳐다보는 하늘에 눈 맞추고
두 손 모아 받은 말씀

손 소독을 하다가
오백 살 먹은 회화나무를 듣네
훨훨 벗은 나목의 체온,
울타리 없는 빈 가지로 막힌 귀를 씻고 있는

소망 등을 걷어내고
맑은 바람이 지나가는 가을
아름드리 나무불이, 묵은 껍데기
그 부스러기들을 털고

간직한 뿌리의 온기가 향기롭네

무디어진 속내, 빽빽이 허물어진 일주문 밖

먹낭*

우리 집 마당은
먼나무 두 그루를 키운다
낙엽이 진 후 섬의 강풍에 붉은 열매
긴 잎자루는 수천 개의 불빛을
조랑조랑 달고 서 있다

수나무 잎의 돌기가 멈추고
암나무 어미 목에서 꺾꽂이 되었다는 걸 알았을 때
열매는 알아챘을까
파장이 긴 새들의 노래를

감귤 박스에 덮어두었던 시집을
꺼내놓고 정리하다가
내게 남은 제주 정박지를 훑는다
네 권의 시집을 내고
또 마지막 원고를 정리하다가
그의 옷가지를 발견한다

고마웠어요, 고마워요

상처를 들추어내고 쓰다듬고,
다시 익을 때까지
저 먼나무는 정녕
피라칸다와 같은 종이였을까

내가 짐을 늘리더라도
그 짐의 무게가 다할 때까지 마당을 지키고,
그윽하게 바라다볼 수 있는 분화구
붉은 열매들

* 먹낭 : 먼나무의 제주도 방언

3부

무극無極

벌겋게 부어오른 손등을 보며
나는 끄덕이네
일할 수 있음에 안심하며

애써 만든 샌드위치에 피어오르는 곰팡이
살아있음에 대하여
나를 먹일 수 있음에 대하여

나눌 수 있다는 것은
아직 사랑이 있다는 방증
나만의 베풂이 헤픈 이기심이 아니기를

부드러운 자애는
자기 존재에 대한 사랑이다
또 내면의 성찰이기에,

오늘도 쉼 없이
조금치 휴식이나 주저함 없이
제 몸을 혹사하는 건 감사가 아니다

기우뚱거리는,
내면을 색칠하는 오늘,
하늘이 미워하지 않는 나를 사랑할 수 있도록
무극의 이미지를 담는다

색色을 버리다

안부를 묻는다
손바닥보다 커다란 쌍떡잎 너에게
나의 색은 오래전에 바랬지만
꽃술이 없어도 꽃차례가 달려 있다

달콤함보다 시린 맛으로 송두리째 옮겨진
무화과 잎사귀에는 부암동의 터전이 고스란히 살아 있다

터를 옮기고 살았던 날들이 몇 해인가
그동안 우리는 꽃받침을 숨기고 있었다

아담과 이브가 그랬을까
에덴동산에서 떠나올 때도 무화과 잎사귀로 치부를 가렸었지

마당 가득 잎사귀마다 꽉 찬 햇빛들
폭우를 맞고도 의연한 무화과나무가 제 몸의 습기를 말리고 있다

뜨거운 계절의 풍화를 견디는 것은
굳어지고 그늘이 되는
마음을 바꾸고 자주색으로 온몸을 물들여야 하는 것

죽어서야 오롯한 하나의 몸으로 이어지는
한 그루 나무

그리움을 견디는 것은 다디단 씨앗으로 태어난다
안마당에 울퉁불퉁한 무화과나무의 굵은 나이테가 부활을 경험하는 것처럼

온전한 흔적으로 남는다는 것

붙박인 탐라국에서 비탈길 음지의 기억을 끌어안은 채
나는 모진 비바람을 견디어 나간다

아슬하게 익어가는

누렇게 잘 익은 다래와
10월의 숫자가 일렁인다
하우스 창문에 햇볕이 달라붙었다
내 키만 한 낭*줄기와 눈빛이 자연광이다
둥지를 품은 잎잎의 열매들
올망졸망 익어가는 씨앗들이 주렁주렁하다

서로 받쳐주는 울타리 아래
삼촌네 키위 농장은 서로 막역한 인정이다
달콤 쌉싸래한 연휴 마지막 날
빗방울 들이치는 바람 맞고 에둘러 닿는 명월성 아래
오밀조밀 매달린 약속들

어제는 떫고
오늘은 시고 또 단맛이 돌고
아슬아슬 거꾸로 매달린 목숨들
세상은 익을 때까지 기다린다
우리의 페이지 속에 물렁한 상태가 되기까지

* 낭 : 나무의 제주 방언

바람의 노래

곶자왈 때 묻지 않은 여정의 길들이 소란하다
맨발로 걷는 길섶에 키 작은 천량금, 수선화 하야신스,
바람의 여행자들은 허연 눈발에 숨 가쁘다
이 적막한 배웅의 시간엔 단연코 바람이어라
느슨한 마음으로 걷다 보면,
내 몸속에 숨어있던 고드름이 녹아들고
엉클어진 모양으로 떠다니는 몇 날 며칠,
어느결에 봄날은 찾아드는가

빌레길을 걷고 또 걷는다
몸속에 냉기를 몰아내며 걷는 정령의 길
나의 노래는 휘몰아치다가 조금씩 아물어가는 것이어서
들썩이는 봄바람에 가깝다

조랑말 밀려난 달구지 길에
숯 가마터 쪽으로 계절의 온기가 점점 가까워져 오고
내 안에 떠도는 나를 업히고
온종일 걷는 일상,
빈 생수병 터덜거리는
산양마을 에돌다

바다가 쏟아지다

빗발은 잔잔한 울음을 내지르며 분주해지고 있다
중심을 잃은 하루가 꼬리를 감추는데
물속에 잠긴 외마디가 터져 나왔다

그때, 가슴 밑바닥에 파고드는 물그림자
죽음의 흔적을 멍하니 지우고 있다
정작 손마디 뼘만 한 이 무늬의 파동이란
무섭도록 부드럽고 완강한 것일까

며칠 떠돌다 나이테 속으로 처박힌 물그림자
평생 소용돌이치는 파문을 가라앉히며
옥죄인 속내를 엿보고 있었다
물이 되어 흘러가는 유배지에서
푸른 부력은 제 숙명을 거부할 수 없다

너울거리는 나무들보의 머리채를 휘감은
강바닥은 제 스스로의 깊이를 알지 못해
제 수장을 위한 바람의 무덤 속으로 빠져드는 것일까

가늠할 수 없는 맨바닥은 촉촉하다
폭우가 휩쓸고 간 자리마다 무덤 냄새가 싱그럽다
나는 비양도 오가는 여객선에서
온종일 물끄러미 회오리를 바라고 있다

내 몸에서 자라는 두 개의 방
물속으로 떠밀려가는 죽음의 바다를 본다
거부할 수 없는 물길 속에서 퍼 올리는 깊은 한
허우적이는 뱃고동 소리로 끊어진다

이윽고 충혈된 시간을 달래주는 불빛들이 따뜻해질 때
본성 속에 차가워진 두 손을 비비고 이렇게 쓴다
가장 절절한 본능은 초록의 황금 궤도를 맴돈다고
절절한 이 땅은 어미의 몫이라고

비문

은행나무에 포르로 날아든 새 한 마리
노란 잎사귀 우수수 내려앉는
순간 바람이 출렁거린다

나는 여름의 끝자리에 깊이 파묻혀 얼룩진 날을 보냈다

저녁이 오면 또 변할까
상념은 여러 겹 쌓이는 물주름처럼
해지는 공원의 풍경을 알싸하게 지나쳐 갔다

그가 찾아왔다 겨자색 후드티를 입은 채
노랗게 황달 낀 얼굴에 마스크를 하고
서슬 퍼런 여름날 곧바로 찾아오는 한기와
어둡고 습한 바람의 행로를 끌고 온
그가 읊어주는 촘촘한 병상일기에
나는 미라처럼 굳어갔다

어느 아픈 이가 주고 간 선물일까
슬픔이란 일종의 바이러스 같은 것

병든 시간을 붙잡고 견디는 것이 얼마나 춥고 막막했을까

닿을 수 없는 바람 한 줌이 쓰다듬는
일몰의 시간, 혼자서 밥을 먹고 산책길 나서는
해안가, 이끼 가득한 우물가에 갯강구가 달라붙었다

뿔소라 껍데기 뒤집어쓴,
마음속 아득함을 훑는 이야기들
나는 온순한 새벽을 목전에 두고
비문의 문장을 끌어안는다

온기에 대하여

짐을 내려놓는다
맨발로 걸어서 유배지에 닿았다

면도날로 새기고 돌 바위에 징을 박아
내 보금자리에 엇비스듬히 눕힌다

잎사귀가 땅에 닿은 압축의 모든 순간
잃어버린 문장을 덮기에는 부족한 날것의 시간이다

발효되지 않은 시간 밖으로 걸어 나와
네 권의 시집을 묶었다

덜 익은 비문을 모아 거친 날숨을 어루만지며
익지 않은 날들의 햇볕을 끌어모았다

내 속에서 수없이 쏟아지는 상상과
말들이 모여 문장이 되었다

켜켜이 에워싼 나목의 과묵함으로 뿌리내리는

나는,
맨바닥에 닿고서야 비로소 죽은 잎사귀의 양분처럼 나를 내려놓는다

뼛골 쑤시는 시 한 편 쓰고 싶다

바람개비

마음 가는 데로
발길 닿는 대로

돌마을 올레길 따라
바람의 흔적이 달라붙는 날은
검은 깃발 나부끼는 더마파크에 간다

칭기즈칸의 후예들이
펼치는 공연은 구름 파도를 일으키고
제주의 파란 겨울은,
손에 땀을 쥐게 한다

고개 들면 저 광활한 바다
안개로 덥혀 있는 탐라의 서부 중 산간
온몸으로 바람을 느끼며
묵직한 어둠의 태동을 가로지른다

해안선 따라
한눈에 읽히는 바람의 안부,

바다의 포구에도 길이 있고
바람의 어귀에도 문은 없다

백년초

온종일 맨발로 걸었다

마른 가시를 세워 어느 봄볕을 지나쳐 갈 때,
소낙비가 내 몸통을 훑어 내리고 더는 나아갈 수 없는 지점,
아 탄식은 외침이다

꽃들의 탄식은 가시를 삼킨다

삼 년 전 그날에도 빗물에 돌멩이들이 와르르 굴러 내리고,
더는 나아갈 수 없는 터전의 막막함을 마주하는 동안
나는 과연 살붙이 없는 맨땅을 응시했을까

가파른 한때의 섬광은 번쩍이고
빛의 무늬로 셈과 여림을 반복하며 부지런히 걷는 길인데,

잠시 한눈을

질끈 감는 사이

우레를 동반한 폭우에
물컹한 맨몸이 휘어지고

이 안팎의 소리와 빛이 차단된
이 생경한 막막함을 뭐라 말해야 할까

비양도

작은 고깃배 얻어 타고
물 질러온 해녀봉, 수줍은 듯 움츠러들고

반쯤 얼굴 가린 해안선을 따라 시커멓게 내려앉은 하늘,
테왁을 껴안고 되돌아오는 길
등덜미에 떠밀려 캄캄해지는
팔월 초하루

하늘 복판을 가르며 퍼붓는 소나기
산책로를 저벅저벅 달려간다

비양봉

큰 발자국 웅덩이에
수척한 얼굴의 봄비라도 오시려나

서걱대는 비양나무 뻘밭에서
반달형 꽃 무덤은 까마득한 어머니의 목선木船

비우며 흘러가는
높푸른 바위섬에
삭아버린 그 마음을 놓아주자고 깊게 팬 굼부리

파란 나무대문의
삼십여 채 낮은 지붕들,
능소화 발갛게 무리 지어 홑담을 껴안고 있다

분화구를 지나다

길지 않은 저, 검붉은 길
가시덤불 숲속에 그리운 이의 발자국이 찍혀 있다

열어본 적 없는
모든 어둠의 순간은 저 속에 들어있고
햇빛은 길쭉한 잎사귀에 우주의 벽화를 그려낸다

때론 바닥까지 햇빛이 들지 못한 어둑한 삼나무 숲으로 들어가
죽은 잎사귀에 내리는 빳빳한 떨림을 본다

불은 공기가 죽어야 살고
공기는 불이 죽어야 산다는
고대 헤라클레이스톤의 말이 가파르게 흰 벼랑 끝에서 들려온다

토박이의 하늘길은
비늘 모양 이파리가 차곡차곡 이어 붙인
물 만난 시간의 자리 흰색 숨구멍 반사되고

초록을 키우는 남쪽의 바람은 씨앗을 부른다

공기 중에 떠 있는 먼지처럼
이정표 없는 거리에서 불탄 나무들의 표식처럼
진흙 속에서 기다린 생의 주인은 누구나 꽃잎으로 피어난 것일까

잎사귀 뒷면 내가 들이마신 공기 같은
분화구를 휘몰다 나온 봄의 이중주
꽃피다 말고 돌아보는 지빠귀들 우짖는 숲길 걷는다

부암동

씨눈을 켜는 나무들,
지난 봄부터 껍질을 벗기 시작한 나무에게 손편지를 쓴다
바람에 걸린 저 지극한 사연들,

사 등분으로 접힌 편지에는 수신자 부재
미처 전하지 못한 속지에는 가족사진만 웃고 있다

백수를 넘지 못하고
옹고집으로 실아 온 저, 의연한 나무
부암동 언덕에서 퍼렇게 살갗이 찢겨진 채
눈을 감고도 폼을 잡았다

초점이 흐려진 봄밤은 휘갈겨진 문체로 기록했다
그 감정에 북받치는 마음을 바꾸고
나는 굵어지는 바람 앞에 다시 쓴다

피 흘린 시간 뒤에야
온전히 흑갈색으로 물들어가는 저 무성無性의 잎사귀들,

빗장을 열어젖힌 봄밤은 파닥인다

한쪽이었던 몸이 기울어
바람이 든 가지 끝에 새들의 방을 들이고,
죽은 척하는 나무의 시간

얼결에 옮겨진,
봄밤은 웅크리는 밤이였다
땅속에 묻힌 것들은 새 피로 수혈되는 감전을 경험한다

모든 흔적의 상처를 버리고,
지상에 내려앉은 저것들
북악의 산자락에 둥지를 틀고
초록의 시간 밖으로 걸어 나오는 화사한 언저리에서

벌겋게 달아오른 남녘을 바라며 흔들리는 오늘에게
짧은 안부를 보낸다

봄이 쓰다

눈밭에서 냉이를 캐는 봄의 초입
황새냉이 뿌리가 깊네
동네 밭 어귀는 겨울 꼬리에 하얗고
봄기운에 이마가 푸르네
겨우내 잔뜩 풀죽은 강아지
목줄을 하고 산책을 나서는데
살랑살랑 꼬리가 살아나네
춘곤증에 기대어
까치발 봄볕이 입마개를 하는데
바닷바람에 넘실대는
꽃샘추위 걷다 보면
봄바람에 뿌리는 더 단단해지고
주저앉은 진흙토가 몸살을 앓고 있네
되돌아보면 어디 들꽃의 생채기뿐일까
봄볕을 넣고 버무린
쓴 나물 무침 한 접시
밥상으로 올라가는
숫양의 뿔 같은 여린 잎들
쓰디쓰네

4부

격랑의 저편에서

백년초 가시밭길 멀리서 보면 꽃길을 걷는 것 같다
눈앞의 바다를 응시하고
금능을 통과하다가
파라솔 아래 잠시 쉬며 신발을 벗는다
시큰거리던 발목이 부었다
맨발로 걷다 보면 잔 기억이 흩어진다
물집 터진 뒤꿈치가 아픈 날,
귀문을 닫고 파수꾼처럼 걷는다
입맛 없는 허기의 혈전을 세게 눌렀다
젖은 배낭을 열고
딱딱한 바케트와 텀블러 커피향에 취하는 사이
어느새 땀방울 멎고 서늘해지는 순간이 온다
격랑의 시간 저편에서
돌발 구름이 사그라들고

"우리는 모두 진창에 있는걸요
하지만 그중 누군가는 별무리를 따라가죠*

바람은 꼿꼿한 이마를 세우고 돌풍 속으로 사라진다

* 오스카 와일더의 '윈더미어 부인의 부채' 중에서

포구의 밤은 가등을 켜고

바다의 발자국이 잠들고 있다
햇살이 빠져나간 올레길 어둑해지고
참회의 말들이 달싹거리는 해안가에 눌러붙었다

암흑 속으로 짙은 긴 하루의 일몰이 내려앉고
방파제 걸터앉은, 늦봄이 다 가도록
조기배 타고 떠난 그 남자는 오지 않았다

천년 호 마지막 배편도 끊어지고
길을 놓친 물새 떼들
끼룩거리는 선착장에 우두커니 염습지에 한 발로 서 있다

뒤돌아보면 코끼리바위 가파른 절벽 아래
깜박거리는 어둠을 비추고

언제부터 너는 거기에 있었는지
퉁퉁 부은 얼굴로 하얀 어둠을 지키는 한림항,
불빛을 낚아챈 이역의 밤은
푸른 가등이 하나둘 켜지고 있다

新, 세한도

순백에 싸인 인왕산은 하얀 여백에 휘감겨 온기가 없고 출구가 없고 광장이 없다 파란 눈의 역사란 무릇 환웅의 약속으로 말미암고, 쑥과 마늘로 버텨온 스무하루, 배달의 가죽 무늬만 남고 그리하여 키 작은 남자가 있고 상왕이 있고 산중왕은 강바닥을 파헤치고 여자는 루저를 낳고

호랑이는 잠이 깊다 '죽어 가죽을 남기지' 않는 호랑이가 발톱을 세우는 푸른 밤은 잇몸이 붓는다 포효하는 호랑이들의 형형한 눈빛을 생각한다 이빨 빠진 종이호랑이들이 사방에서 울부짖는데, 구름에 맞닿은 내 혈기는 아직도 뽑히지 않고 킁킁, 폭설에 하얀 발자국 찍는 혹한 속,

살을 찌른 가지 끝엔 솔방울 두 개만 매달렸다

불두화

북촌으로 이사 와서 비관주의를 버렸다 무술년 시월 그믐생인 나는 신금辛金 일주를 타고 왔다 단단한 바위처럼 맺고 끊는 시간들, 때로는 차가운 대못처럼 남의 가슴에 박히기도 한다 금의 기운은 강직하여 꼿꼿한 품성을 드러내지만 누군가의 틈새를 메울 때도 있다 정련되지 않은 시간은 날카로워, 그 상처에 울컥울컥 치받히곤 한다 흔들리는 공중에서 흙의 중심을 무너트려야 한다 물기 없는 지난 겨울, 내 배를 가르고 꿰맨 수술 자국은 치부를 드러낸 채 시퍼렇다 음산한 겨울비 탓일까 빛바랜 한옥엔 사철나무 울타리도 없고, 잎 버린 멍울만 조명발 받고 있다

재회

한나절 만에
배낭 가득 두릅을 따온 주말 오후
잊고 지내온 친구의 소식이 따숩다
밋밋한 풍경을 접고
야반도주하듯, 뭍을 건너왔던 아홉 해의 시간
스멀스멀 사람의 소식이 찾아들고
매서운 추위를 이겨낸 봄볕이 몸을 데운다
얼마나 왁자한 봄날인가
한적한 포구 해안가
꽃바람이 그리 좋으냐고 핀잔하는 사이
멀어진 마음 훤히 보이는 안타까움도 정겹다
새순을 일으킨 바람의 푸성귀들이 텃밭에 공을 키운다
겨우내 움츠린 마당에서
부추가 파랗게 살아나고 유채꽃 웃음이 샛노랗다
죽지 않았네!
강아지도 폴짝거리고
나를 얼싸안고 눈물마저 글썽이는 친구
목메는 봄 하루를 덮고
전을 부치고 마시고 이야기꽃을 피우는 시간

나는 누구의 손님으로 왔는가
여린 가시에 촘촘한 두릅 향기가 부침이 되고
혀끝에 닿는 한 줌 웃음이 달다
시샘을 끌어안은 어제는 다그치고
옛정은 오늘의 너스레가 된다
이젠 되었다고 에둘러 눈길 돌리지 않아도
봄볕은 미세한 떨림으로 찾아든다

접목의 기억

초록을 타고 뻗어가는 무화과나무 가지 사이로
처서가 오고 열매는 흑자색으로 물들어간다
꽃이 열매 속에 스민 바람의 과육들은
내 잊혀 가는 중심
쑤시는 관절마다 유려한 광량을 매달았다

저 바람의 기억 속에는
폐부를 후벼 파는 천둥소리가 새겨져 있다
제 몸을 도려내 생육하고 살얼음과 맞서며 온전히 겨울을 낳았다
신도시를 떠나 북악의 터전을 마다하고
머나먼 화산섬에 정착한 시간들

대열의 궤도를 벗어난 바람의 넋두리가 통풍을 불러온다

꽃술이 없는 무성생식의 어긋나기
저마다 부모 식물에서 떼어져 나간 바람의 자식들이 편편의 녹갈색이다

돌확을 짊어진 모정의 숲
잘려진 모체의 과피에 백색 유약의 상처를 덧대었다

빛을 가로막은 차양을 걷어내니 어느새 여름의 끝자락
붉은 멍울이 탐스럽다, 펄펄 끓던 고열의 격리 기간은 담백하고
벌레 먹은 꽃받침이 붉은 씨방의 가장자리에서 멀어져 간다

이윽고 비스듬하게 기울어진 내 몸을 충전시키자, 엎어진 상처가 물컹해졌다
마트에 가지런하게 포장된 무화과 용기들, 깊은 묵언에서 나를 깨웠다
그 독한 말들의 상처는 잔뿌리에서 잘려나간 찬바람 탓일까
오늘
난, 색색의 꽃들의 죽은 평화를 보았다

제주삼춘

십 년이 훌쩍 지나고서 제주 삼춘이란 이름을 얻었다

척박한 제주섬에서 피 한 방울 섞이지 않은
이주민의 터전은 멀고도 친근하다

오월 햇살에 물든 하귤을 딴다, 때마침
황금 향 시큼한 마음이 녹는다, 출렁이는 높새바람
몸속 숨죽인 그늘을 털어낸 탓일까
익어가는 저, 담대한 풍경 그 마음의 껍질이 홀가분하다

손자의 머리통을 빼닮은 꽃망울 웃음
얼마나 속껍질을 헤집어야 그 향내에 닿을 수 있을까
하얗고 붉은 저, 상처의 꽃들이 필 때
돌섬의 어두운 뿌리에 대해서는 밝혀진 것이 없다
순이 삼춘이 어떤 풍랑을 건너왔는지
그 먹먹함 속에서 혼자 걷는 날들이 많았다
저 혈연의 텃세에 얼마나 애태웠는지를

강도가 더 센 바람이 불어오고

시샘마저 정겨운 삼춘들
서로를 아우르던 피울음 상처가 열매로 익어갈 때,

서울 나그네가 비좁은 속을 뒤집어 한소리 뱉어낸다
"삼춘 여기 물 좋수다게"

가장 매운바람, 눈 앞을 가리는 짠물을 먹고서 탐라耽羅는 핀다

지나간다

상명마을에 가면
정낭 하나 걸린 외딴집 한 채가 있다

마당 맨바닥에는
망사비닐에 시멘트를 발라놓은
독거노인의 집

수십 년 동안 겨울이 웅크리고 지나갔는지
민무늬 토기에 깨어진 물 항아리 상처가 깊다

미닫이 이불장 속에서
빛바랜 밍크 담요를 꺼내 내 손발을 덮어주시는 노인
오래전 돌아가신 친정어머니 같다

첫 방문은 여전히 등 시리고 살갑다
가슴 데이지 않고서는
서먹한 노인의 안부를 속절없이 놓치곤 했다

문 걸어 잠그고 바깥세상과 등지고 산 시간들

새부리 형 마스크에 봉인하듯
몸 안의 등불을 크고 살았다

문득, 애써 잊었던 내 안의 통증이 말을 붙인다
가라앉은 줄 알았는데
노인의 이야기와 겹쳐진다

타인의 말을 들어주는 것만으로도
비로소 한 핏줄임을 알게 될 때
저체온의 온기가 따뜻해졌다

이끼마저 메말라 버린 우물도
종일 입을 벌리고 있다

풍속風速

주홍빛으로 잘 익은 밀감 향내와
바다의 해일들 서로 얽히는 날
통유리 창 너머 물 위에 떠 있는
비양도의 정수리가 바람에 차다

문학인 신문을 펼쳐놓고
문학인들의 현주소를 들여다본다
빛과 그늘이 교차하는 시인의 서재
한때 글쓰기를 접으려 한 적이 있다
그 경계가 허물어지는 십 년의 시간에
무거운 풍속이 있었다

서쪽으로 기운 자월子月 바다의 리토피아
날개죽지 꺾이고
혼자 걷는 시험림 길, 물, 바람, 돌, 여자가 달라지고
납작 엎드린 체험의 길이다
오래 미루었던 숙제를 꺼내듯
무거운 마음 따라 수류촌水流村 밭담 길 걷다보면
바람 숲은 뜨거워진다

풍광에 쌓인 화산섬에서
빙빙 돌아가는 바람의 흔적들이 처음과 다르지 않다는 점
그 실마리는 누구에게나 공평하다는 것을

유연한 신의 대본을 받아 들고서 나는,
긍정의 숲에 어우러진다

하귤나무 심기

풀어헤친 머릿결에 썰렁해진 얼굴
또 다른 생生을 살기 위하여
내 집 마당으로 실려 온 하귤나무,

생각보다 큰 잎사귀
옮겨 심으면 심하게 앓는다는 나무
입술을 달싹이며 무슨 말인가 나에게 하는 것이다
목마른 그는, 곧 입을 다물어버렸다
짓눌린 연초록 눈꺼풀 아래
지친 기색이 역력하다

유형流刑을 멈추고 진로를 바꾼 나무,
신음 소리 같은 게 흘러나오고
덜컹거리며 메워가는 돌구덩이
통증이 가라앉지 않는다
출근 시간을 놓친 나는, 가까스로 반차로 수습하고
잠시 9년을 머물던 김정희의 유배지 길이 보였다

그늘이 잘린 나무가

이제 무얼 할 수 있을까
세한도의 붓 터치가 내게도 살아날 수 있을까
나무를 옮겨 심는 인부의 모습만 바라봤을 뿐,
황금향은 생각으로만 건재하다

후미진 집을 바꾼 탓일까
잊은 채 지나온 나의 살붙이를 그리워하는 것은
시詩를 멀리했기 때문일까

동쪽을 바라보는 햇살의 창을 지나
새살이 돋아나는, 나의 하루
잰걸음의 하귤나무 연초록 잎새처럼
시가 돋아난다

이제 새 터전이다

장마

바다 해수욕장 뒷골목
빗줄기에 젖은 안내판이 누워있다
금잔디 심어진 마당과 부엌에 물이 고이고
숭숭 구멍 뚫린 디딤돌에
달라붙은 이끼들

잔잔한 파도가 목소리를 높인다

금이 간 무릎을 세우고
파라솔 나무 벤치를 옮겨놓았다

지금쯤 어린왕자는 장미와 화해했을까

입막음한 바다가 저물어가고
동기간 멀어진 비양도는 자욱한 안개의 배경일 뿐,
일렁이는 몸속 웅덩이에 굴곡진 바람이 들이쳤을 것이다

한소끔 늦어진 물결 위에

해지는 풍경을 몇 번이고 바라볼 수 있는
작은 별나라 같은,

마음을 바꾼 섬 하나 얹혀있다

봄의 파이터

봄은 실종되었다
온몸을 가시로 무장을 하듯 세상은 온통
마스크가 무기이다

수백 개의 가시에 꽂힌 나는, 봄의 파이터

나의 오늘은 어제로부터의 축복
온몸은 붉은 화관을 쓰고 봄의 길목에 서 있다

검은 마스크는
36.7도 너의 체온을 밀봉하고

돌아갈 집을 잃었을 때
파이터의 무대는 끝이 났다

내 낯빛으로 나를 감출 수가 없어
또 무심한 봄이다

마스크 속, 죽지 않는 시간의 꽃들

화닥닥거리는 유황의 밤으로부터
꽃망울 터지는 정오

미어터지는 인파에 얼굴은 보이지 않고

빈 수레 덜컹거리는 너의 결핍
현무암, 돌덩이 내 가슴에 내려앉은

숨찬 시간을 견디고 또 밀어 올린다

자유부인

찬 기운을 뚫고 녹아내린 유채밭
자동차가 진흙에 빠졌네

기울어진 차축에 줄줄이 따라붙은 햇살의 놀란 표정들
바퀴에 엉겨 붙어 숨죽이고 있네

그때 폴짝폴짝,
고라니 한 쌍이 저만치 뛰어가다
잠시 뒤를 돌아보네

자신의 영토를 침범한 줄 아는지
안전을 무시하고 내달린
겨울 외투 속 두꺼운 눈빛을 쏘아보듯 하네

초록이 잠시 빛을 기다리다
미처 빠져나오지 못한 바퀴에 깔린 봄의 이름들

납작 엎드려 있다가
초록 위로 내달리는 자유부인

잠시 생각을 간추리는 동안
막힌 길을 돌아 나오는 바람의 여유를 읽네

어두웠다 환해지는 시간
푸르렀다 붉어지는 계절이 차바퀴 밑에서 들썩이고
나른해지는 남녘의 바람 앞에
잠시 나는 앉아있네

반려伴侶의 장소

제주시 보건소 사평마을 초입에 닿았지
온정은 온정끼리 모여서 살 수밖에 없으니까

한나절 싸락눈이 멎고,
골목길 중간쯤에서 뛰어오는 강아지가 나의 냄새를 맡고
꼬리를 흔들었지

북쪽의 방향으로 치닫는 마음을 다잡고
찾아가는 방문 길 풍경
한쪽 시력을 잃은 구순의 노인과 백구가 살고 있지

터벅거리며 일정을 조정하는
노인복지관의 다섯 시간은 언제나 빠듯하지
먼저 와 반찬을 놓고 간
흔적은 밥 한 그릇의 배달을 기다리고 있었지

날이 차면
더 빨리 날이 기울 듯

산다는 것의 뜨거움을 이제 알아가고 있었지

천지간 한 울타리 안에서
두리번거리지 않은 채, 한번 맺은 간곡한 인연에
십오 년을 함께 했다는 말
아직 살비듬 온기가 남은 백구와 할머니의 집

그것이 짐승이든, 사람이든 간에 감복이라면 알아챌까

불현듯, 이 여정의 끝에서
내가 메울 수 없는 빈자리를 툭, 치며 받아줄 이가
우리 집 반려견일 수 있다는
아릿한 푸념과
터벅거리며 돌아오는 길

내가 버린 시가
나의 냄새를 맡고
쭈뼛쭈뼛 뒤따르고 있었지

김 노인의 시간

마당에 넘어진 휠체어를 세워
대문 앞 팽나무에 기대놓고
오가는 사람 구경하는 김 노인
바깥에 나와 숨을 쉰다
커피 한 잔 먹고 가게
말이라도 섞어야 기운이 난다
차마 거절이라도 할라치면
무사? 감수광?
노인은 너무 오래 혼자였다
때로는 바람에 넘어지고 나뒹굴어도
붙잡아줄 곁이 없었다
마른하늘에 소나기 뿌리는 오늘,
잎새 다 떨어진 우두커니 서 있는 저 팽나무를 보면
세상의 주인은 누구일까 생각한다
고관절 수술한 날,
두 발자국 꿰매 놓고 한 발도 내걸을 수 없는
주인은 정녕 세월인가
오늘보다 내일은 평온해질
눈 감으면 어제가 보이고
눈을 뜨면 내일은 심상찮다

해설

■ 해설

'짠 물에 부르튼 맨발'의 향내와 그 아름다움

— 염화출 시집 『제주 가시리』

호 병 탁(문학평론가)

1

모든 문학 작품이 인간의 외부세계에 대한 경험을 표현하지만, 특히 '시 작품'은 의식에 표상되는 그 경험을 감각적으로 정서적으로 표출하는 문학 장르라고 할 수 있다. 그렇다면 삶의 궤적을 통해 얻어진 그 경험의 내용을 알고 이해한다는 것은 매우 중요한 일이다. 눈길은 절로 〈시인의 말〉로 향한다.

"네 권의 시집을 묶은 후,// 뭍을 떠나고/ 시는 아스라이 멀어졌다// 색色을 버리니/ 비로소, 나는 섬이 되었다"

짧고 아름다운 서정시와 다름없다. 여기서 우리는 시인 자신이 시 쓰고 살던 "뭍을 떠나" 지금은 아스라이 먼 '섬'에서 살고 있다는 것을 알게 된다. 우리는 바로 시인의 직접적 삶의 한자락 경험을 듣고 있는 것이다.

그러나 이 말은 시인이 "제주로 이주"하여 살고 있다

는 것 이상의 정보는 제공하지 못한다. 그럼에도 오히려 아무런 선입견 없는 객관적 시각으로 작품을 대하고, 자신만의 비평적 설득력에 의해 독자와 함께 작품을 향유할 수 있는 기회로 생각하고 우선 시집 제목이 견인되기도 한 작품「제주 가시리」의 독서를 시작한다.

발자국 따라 굽이굽이 녹산로의 숲길 따라 걷는다 사월의 뇌관은 빙하기의 기압과 맞붙어 병풍으로 둘러싸여 있네 길 따라 가시리 풍차의 동쪽 마을 막막한 능선을 떠안고 동남쪽 저, 깊은 한라의 심연에 닿았네 아른대는 수평선 뒤로 하고 먼 지평선에 붙은 봄날의 사진, 갤러리 김영갑은 보이질 않네

비경은 바람 부는 탐방 길에 몰려있네 맨발의 평원 큰 바람개비 장엄한 풍광 빙글빙글 돌아가는 지친 발걸음 네모난 의자에 앉아있네 인생사진 없는 나는 순례자, 오메기떡 청귤 에이드 이주민의 정착지에서 보드라운 속살을 내보이는 유도화는 지고 누군가 꺾어놓은 가지에 붉은 바람의 생채기가 아물어가네

잠시 머물다 가는 갑마장 길 조랑말과 꽃잎을 맞으며 노랑 물결 따라 걷는 탐라의 여행자 전망대 왼쪽으로 파란 손수건을 흔들다가 울퉁불퉁 어느 모살 밭*꼼지락거리는 꽃무릇도 부활초를 켜는,

–「제주 가시리」 전문

화자는 "녹산로"라는 숲길을 걷고 있다. 주위의 여러 풍광을 우리에게 보여주고 있는 것이 볼일 보러 바삐 걷는 길은 아닌 것 같다. 여유 있는 혼자만의 산책길이다. "사월의 뇌관은 빙하기의 기압과 맞붙어 병풍으로 둘러" 싸여 있다는 계절에 대한 묘사가 눈에 띈다. '뇌관'은 폭탄의 점화장치로 터지면 주위는 불바다가 된다. 이제 지척인 사월의 봄은 곧 '녹산로'의 숲길에도 점화되어 온통 불바다처럼 번질 것이다. 그러나 아직은 병풍처럼 둘러싸인 "빙하기의 기압과 맞붙어" 겨울의 찬 기운이 남아 있다. 아주 감각적인 '이른 봄'의 비유다.

화자가 걷는 숲길은 "가시리 풍차의 동쪽 마을 막막한 능선을 떠안고" 동남쪽의 "한라의 심연"에까지 닿고 있다. 여기서 우리는 즉시 이곳이 '한라산 기슭의 숲길' 임을 인지하게 된다. 물론 시제로도 견인되고, 시 전문에서 단 한 번 등장하는 '가시리'라는 어휘도 이곳의 '마을 이름'이라는 것을 알게 된다. 또한 이는 시인 자신이 "뭍을 떠나" 아스라이 먼 "섬이 되었다"라는 〈시인의 말〉과도 연계되고 있음을 직감하게 된다.

그런데 화자는 갑자기 "먼 지평선에 붙은 봄날의 사진, 갤러리 김영감은 보이질 않네"라는 의외의 말을 꺼내고 있다. 풍광은 '봄날의 사진'처럼 곱다. 그런데 그런 사진을 전시하는 갤러리 주인은 오늘은 보이지 않는다. 둘은 가끔 산책길에서 만나는 사이인 것 같다. 아쉬워하는 화자의 내적 심사가 엿보이는 대목이다.

"가시리 풍차"라고 말하는 것이 그곳에는 "빙글빙글 돌아가는" "큰 바람개비"가 "장엄한 풍광"을 연출하고 있는 곳이기도 한 모양이다. 그러나 스스로 성지를 떠돌며 참배하는 "순례자"라고 칭하는 화자에게 그 '바람개비'는 어디까지나 "이주민"이 대하는 쓸쓸한 풍광에 다름이 아니다. 그런 마음이 "누군가 꺾어놓은 가지에 붉은 바람의 생채기가 아물어가네"라는 아름다운 표현을 창출하게 했을 것이다. "붉은 바람의 생채기"는 화자의 심상에 무늬져 있는 상처와 상실의 흔적들이지만, 그 고독하고 쓸쓸한 영역에서 "아물어가"는 진행 과정을 보면 회복의 시간을 맞아 다시, 나무가 되살아나듯 재생(再生)을 꿈꾸고 있는 것이다.

이 작품에서의 '가시리'는 고유명사로 한 마을의 이름을 가리킨다. 그러나 시제는 물론 전체 작품집의 표제로도 견인된 이 어휘가 단지 한 동네 이름만을 말하고자 사용된 것은 아닐 것이다. 여기에는 커다란 함의가 내재하고 있다. "꺾어놓은 가지"에 아물어가는 "바람의 생채기"라는 미학적 존재가 창출되는 원천적 기능을 발하는 어휘로 작동되고 있다. '가시리'라는 맏을 대하면 우리는 우선 사랑하는 사람과의 별리를 애절하게 노래한 고려가요를 떠올리게 된다. 통곡의 눈물 대신 마음속으로 슬픔을 태우는 '애이불비哀而不悲'의 이별 이야기-사랑하는 임은 나를 버리고 떠나려 한다. 붙잡고 싶지만 내가 더 싫어질까 봐 서럽게 보내며 다시 돌아오기를 기도할 수밖에 없다는 애절한 이야기다. 여기에는 그리운 사람을 보내야만 하는 '상실의 아픔'이 서려 있다.

그런데 떠나가는 그 임의 뒷모습은 본문의 "잠시 머물다" "조랑말과 꽃잎을 맞으며 노랑 물결 따라" 떠나가는 사람의 모습과도 같다. 그러나 다시 돌아오기를 기도하는 '가시리'의 화자처럼 시인 역시 그 임이 "모살밭 꼼지락거리는 꽃무릇"을 보며 다시 "부활초"처럼 언젠가 꼭 돌아올 것임을 믿고 기도하고 있다. 우리 민족 정서의 뿌리에 있는 이별의 정한을 노래한 '가시리'는 황진이의 시조를 거쳐, 김소월의 진달래꽃으로, 그리고 염화출의 「가시리」에 이르기까지 면면히 이어져 내려오고 있는 것이다.

어느 누구 동행도 없이 혼자 걷는 길은 사람을 센티멘털하게 만들기 쉽다. 쓸쓸한 감정의 격발이 일어나기도 쉽다. 그러나 시인은 이런 예민한 감성적 자세는 배제한다. 오히려 몸집이 작은 귀여운 '조랑말'을 불러 동행한다. 더구나 '꽃잎까지 맞으며' 함께 걷고 있다. 얼마나 아련하고 따뜻한 정경인가. 그야말로 속으로는 슬프지만, 겉으로 그것을 나타내지 않는 '애이불비'의 아름다운 자세가 아닐 수 없다. 그리고 따뜻한 시선으로 '부활초'를 본다. 임과 함께 떠나버린 두 사람의 사랑이 다시 '부활'할 날을 기다리며.

2

나는 이글 초입에서 시는 외부세계에 대한 인간의 경험을 감각적으로 정서적으로 표현한 문학 장르라면서, 그 경험 내용을 안다는 것은 작품 독해의 큰 계시가 되는 일이라고 언급한 바 있다. 내가 '한 인간의 경험'을 특별히 강조하는 데는 그럴만한 이유가 있다. 염화출의 시 작품들은 어쩌면 거의 대개가 자신의 원체험을 포함하여 '직접적인 체험'과 독특한 관련성이 있을 거라는 생각이다.

당장 위 작품에서도 '녹산로' 숲길, '가시리' 풍차, '갑마장' 길 등 시인이 사는 주위의 지명들은 물론 '오메기떡' '청귤' '에이드'와 같은 지역의 특정 먹거리가 등장한다. '조랑말'도 지역 토산의 말이고, '모살밭'이라는 말도 시인 스스로 밝히고 있듯 '모래밭'을 말하는 지역의 방언이다. 모두가 시인 자신이 "뭍을 떠나" 지금 살고 있는 '제주도'와 특별한 관계가 있는 말들이 아닌가.

이런 현상은 다른 작품에서도 무수히 발견된다. 특별히 시인에게는 바로 자신의 '직접적이고 개인적인 경험'이 중요한 작품의 소재가 되고 있는 것이다.

독거 어르신 방문하다
메말라가는 만생종 감귤을 보았다

계절을 잊은 후줄근한 황금 알맹이
물렁해진 할머니의 젖가슴처럼 물기가 다 빠져나갔다

아직도 노인은 벼린 호미를 쥐고 앉았다
끼니를 놓치고 찾아다닌 공공일자리
힘줄이 불거진 갈퀴 손에서 싱싱한 잡초들이 뽑혀 나온다

나는 늙은 팽나무에 기대어
허기진 저녁 어스름의 헛기침을 듣는데

그제야 구부정한 허리를 펴고 일어나는 노인
자식보다 좋은 선생님 찾아와 위로가 된다고 한다

순간 나는
손톱 칠한 게 부끄러워 쥐구멍이라도 찾고 싶었다

왜 알지 못했을까
제주에서는 매니큐어 칠한 손톱이 사치라는 것을

등 굽은 컨테이너 집 한 채,
솜방망이 싸락눈에 덮여 간다

–「싸락눈 내리는 날의 시」 전문

시제가 「싸락눈 내리는 날의 시」 작품의 첫 연, 첫 행에서 화자는 "독거 어르신"을 방문한다. 그리고 "메말라

가는 만생종 감귤을 보았다"는 발화로 작품의 문을 연다. 우리는 여기서 시인이 지역사회활동가로 살고 있음을 쉽게 짐작하게 된다. 바로 시인의 '삶의 경험'이 작품 첫머리에 자리 잡고 있는 것이다.

그곳에서 본 "메말라가는 만생종 감귤"은 무엇을 비유하는 것인가. 그리고 그것은 왜 "계절을 잊은 후줄근한 황금 알맹이"로 다시 비유되는가. '만생종'은 식물 가운데 특히 늦되는 품종을 가리키는 것으로 '조생종早生種'의 반대말이다. 이 말은 화자가 만난 나이 드신 "독거 어르신"의 비유다. 이 노인은 감귤로 치자면 만생종이고, 이 감귤은 다시 제 계절을 놓친 "후줄근한 황금 알맹이"로 비유되고 있다.

화자가 찾아갔을 때 노인은 "호미를 쥐고" 앉아 "힘줄이 불거진 갈퀴손"으로 밭의 잡초를 뽑고 있었다. 그 호미와 갈퀴손은 생계를 위해 "공공일자리"를 찾아다니던 도구에 다름 아니다. 화자는 "저녁 어스름"에 "팽나무에 기대어" 노인을 향해 헛기침을 한다. "그제야 구부정한 허리를 펴고 일어나" 노인은 "자식보다 좋은 선생님"이 찾아왔다고 반긴다.

여기까지는 화자와 노인이 만나는 정경을 묘사하는 대목이다. 그러나 여섯째 연부터 시의 서사는 급변한다. 화자는 자신이 "손톱 칠한 게 부끄러워 쥐구멍이라도 찾고 싶었다"라는 주관적 발화와 함께 자신을 돌아다본다. 의외의 발화다. 일곱 번째 연 역시 "왜 알지 못했을까/

제주에서는 매니큐어 칠한 손톱이 사치라는 것을"이라며 자기 성찰적 발화가 이어진다. 우리는 왜 손톱 칠한 게 사치이고 부끄러운 일인지 이에 대한 화자의 사유와 관념이 표출될 것으로 예기한다. 그러나 서사는 다시 급변한다. "등 굽은 컨테이너 집 한 채,/ 솜방망이 싸락눈에 덮여 간다"라고 고적한 풍경을 사생하는 마지막 연의 문장과 함께 화자는 작품 전체의 매듭을 묶고 마는 것이다.

작품은 끝났다. 하지만 함축과 생략으로 인해 내재한 수많은 의미와 정보가 작품 안에 숨 쉬고 있고 진정한 독해는 이제 시작이라고 볼 수 있다.

여덟 연으로 구성된 작품은 다섯째 연까지가 화자와 노인이 만나는 얘기다. 둘 사이의 직접적인 대화는 한 마디도 없다. 그러나 우리는 여기서 독거노인의 "힘줄이 불거진 갈퀴손"과 "구부정한 허리"를 보게 된다. 신산한 한 인간의 삶이 역력하게 드러나고 있는 대목이다. 그런데도 '생의 간난'을 드러내는 어떠한 관념 · 사변적 어휘 하나 없다.

여섯째 연에서 느닷없이 화자는 자신의 "손톱 칠한" 얘기를 끄집어낸다. 여자가 손톱 칠하는 것은 얼마든지 있을 수 있는 사실로 전혀 대단한 일이 아니다. 그런데, 그런데 말이다. "힘줄이 불거진 갈퀴손"과 "매니큐어 칠한 손"은 두 손을 가진 사람의 연령 차이는 물론 삶의 방식 차이를 극명한 '대조contrast'로 보여주게 된다. 화자는 서사를 급변시킴으로 강한 아이러니를 창출하는 '대조'의 문학적 장치로 견인하고 있는 것이다.

또한 여기에는 문학의 기본적 정의와도 관계되는 통찰이 있다. 문학작품이 가지고 있는 지속적 호소력의 원천의 하나는 '진실성'과 '일관성'의 제시다. 나는 앞에서 염화출의 거의 모든 작품이 자신의 '직접적인 체험'과 관련이 있을 거라고 언급했다. 바로 이것이 작가의 문학적 진실성과 직결된다. 근대 자연과학이 이룬 성취와 초월적인 것에 대한 믿음의 쇠태 등이 그 원인이 되겠지만, 현대 독자들의 진실성에 대한 요구는 의외로 완강하고 끈질기다. 경험적 사실과의 사소한 불일치에도 진실에 대한 반칙으로 여기고 거부반응을 일으키는 것이다. 또한 진실성의 척도가 되는 것은 작품 전체의 맥락 속에서 저항 없이 받아들일 수 있는 일관성이다. 시인의 작품에 나타나는 태도, 심리, 정서적 패턴은 일정한 어휘로 일관성 있게 되풀이된다. 이는 다음에 다룰 작품의 상호텍스트성과도 연계된다. 그 나무에 그 열매라는 말이 있다. 시인의 경험적 사실이 작품에 정직하게 반영되고 있기 때문일 것이다. 시인과 작품 간의 상호조명은 적정하게 사용될 때, 한 작품의 이해에 있어 의지할 만한 준거 틀을 제공한다. 결코 탕진될 수 없는 지적탐구 대상이 되는 것이다.

작품의 마지막 연은 "등 굽은 컨테이너 집 한 채"가 "싸락눈에 덮여 간다"라는 짧은 문장이 전부다. '컨테이너 집'은 화물 운송에 쓰는 상자 모양의 큰 용기를 주거용으로 개조한 보잘것없는 집이다. 더구나 "등 굽은"이라는 말로 보아 이 집은 새로 만들어진 집이 아니라 오랜 풍상을 견뎌낸 집이다. 또한 이런 '컨테이너 집'은 도시 한복판에 위치할 수도 없다. 그야말로 "감귤밭" 옆에, "한 채"가 고적하게 서 있는 것이 어울리는 초라한 집에 불과하다.

그런 집이 하염없이 내리는 "싸락눈에 덮여" 가고 있다. 바로 그곳에 화자가 찾아간 '독거노인'이 살고 있다. "자식보다 좋은 선생님"이 찾아왔다고 좋아하는 노인이다. 감귤밭을 배경으로 하얀 눈에 덮여 가는 작은 집은 한 외로운 사람의 고단한 삶의 모습을 정확하게 비유하고 있다. 동시에 우리는 맑고 깨끗한 한 폭의 선명한 그림을 보는 느낌이다. 사방은 눈만 쏟아질 뿐 그저 고요할 뿐이다. 그러나 우리 가슴을 파고드는 서정적 감동은 절대 고요하지 않다.

3

위 작품은 "메말라가는 만생종 감귤"로 비유되고 있는 "독거 어르신", 즉 '혼자 사는 노인'에 대한 얘기다. 그분은 "힘줄이 불거진 갈퀴손"에 "구부정한 허리"를 가진 고단한 삶을 사는 분이다. 특별히 눈길을 끄는 것은 화자가 방문했을 때 "자식보다 좋은 선생님"이 찾아왔다고 좋아하는 그분의 모습이다. 자식이 있더라도 그분은 현재 '혼자서' '어렵게' 살고 있다. 차라리 자신을 찾아주는 가까운 곳의 화자가 훨씬 '좋은 선생님'으로 느껴질 수밖에 없다. 우리는 여기서 한 인간의 깊은 '상실감'을 간파하게 된다.

그분은 현재 '독거노인'이다. 그분 같은 노년기에는 많은 상실감을 경험할 수밖에 없을 시기다. 우선 누구에게나 해당되겠지만 젊고 건강한 체력의 상실감이다. 따라서 경제적 활동의 저하에 따른 상실감이 수반된다. 또한 주변의 누군가를 떠나보내야 하는 것에 대한 상실감이 있다. 그는 지금 자식들은 떠나고 혼자서 어렵게 살고 있다. 일반적 노년기의 모든 상실감을 겪고 있는 것이다. "자식보다 좋은 선생님"을 반기는 그의 모습은 우리의 가슴을 치며 아프게 다가온다.

노인의 상실감을 바라보는 화자 자신은 또 어떠한가.

> 화산섬에 새봄이 도착했다/ 노인복지관 앞,/ 막 도착한 목련이 환하다//(…) 이사 올 때 옮겨온 나무/ 관절마디가 토해내는 우두둑 소리/ 절룩이는 발가락의 통증을 체득한다//(…) 외상의 계급에 따라/ 새로 쓴, 연서戀書가 찌릿하게 아파 오는 날,/ 너도, 나도,/ 사랑하는 사람들이 손 흔들고 떠나간다/ 한 잎 두 잎 목련꽃이 손을 흔든다// 저 꽃마당 나서면/ 어머니, 아버지,/ 내 손을 꽉 잡은 남편의 손

길을 만날 수 있을까/ 꽃잎의 눈시울이 붉다// 벌써 세 번의 봄이 진치고 있다

—「개화기」 부분

시인이 사는 섬에도 봄이 오고 그가 지역사회 활동을 하는 "노인복지관 앞"에도 "목련이 환"하게 피었다. 화사한 목련은 화자에게 그저 반가운 대상만은 아니다. 나무의 "관절마디가 토해내는 우두둑 소리"를 들을 수 있고 "절룩이는 발가락의 통증"을 느낄 수 있기 때문이다. 그런 아픔에 따라 화자가 쓴 연서도 "찌릿하게 아파"온다. 왜 그러한가. "한 잎 두 잎" 지는 목련처럼 "사랑하는 사람들이 손 흔들고" 떠나가기 때문이다. 특히 화자에게는 "어머니, 아버지"가 떠나셨고, "손을 꽉 잡"아 주던 "남편의 손길"도 사라지고 말았다. 한마디로 '상실감'은 무엇인가를 잃어버린 후의 느낌이나 감정 상태를 가리키는 말이다. 그렇다면 화자야말로 사랑하는 사람을 모두 떠나보내고 깊은 '상실감' 속에서 혼자 사는 사람이다. 그래서 그의 눈에는 "꽃잎의 눈시울"마저 붉게 보이는 것이 아니겠는가.

마지막 연을 본다. "벌써 세 번의 봄이 진치고 있다"는 짧고 평범한 발화가 전부다. 우리는 최소한 떠나간 사람에 대한 지속적인 갈망, 혹은 집착에서 연유한 애타는 그리움 정도는 표출될 것으로 기대한다. 또는 남들은 있는 식구들이 자신은 하나도 없다는 '상대적 박탈감' 정도

라도 표출될 것으로 기대한다. 그리고 그렇게 해도 얼마든지 작품의 맥락으로 보아 비평적 동의를 얻기에 충분한 설득력과 논리를 가지고 있다. 그러나 별리의 안타까움도 모른 채 무심한 세월은 세 번의 봄으로 찾아왔다는 말로 작품은 매듭을 묶고 만다.

이런 결미는 특별히 어떠한 문학적 효과를 창출하는가. 이는 앞의 작품 '등 굽은 집 한 채, 싸락눈에 덮여 간다'라는 마지막 연과도 의미의 연결고리를 갖고 있음을 직감하게 된다. 그곳에 사는 '독거노인'은 갈퀴손에 구부정한 허리를 가진 힘들고 외롭게 사는 사람이다. 그러나 화자는 고단한 삶의 모습 대신 하얀 눈에 덮여 가는 작은 집 한 채를 선명한 그림으로 보여주고 있다. 고요한 풍광이다. 얼음이 녹으면 무엇이 되는가. '물이 된다.' 누구나 아는 답이다. 그러나 시인 같으면 '봄이 온다.'라고 답한다. 역시 맞는 답이다. 그러나 시인의 답은 새로운 감탄과 경이로움을 준다. 그래서 눈 쌓이는 풍광은 고요하지만, 가슴을 파고드는 서정적 감동은 절대 고요하지 않다고 앞서 말한 바 있다.

마찬가지로 이 작품의 결미 역시 무심한 계절의 반복을 통하여 삶의 질서와 법칙을 환기한다. 그치지 않는 비는 없다. 멈추지 않는 바람도 없다. 지지 않는 꽃도 없다. 단 해가 뜨고 지는 것처럼 계절의 순환은 변함없이 반복된다. 화자는 깊은 '상실감' 속에서 혼자 살지만 봄은 여전히 찾아오고 있음을 주시하고 있다. 우리가 가는 길에 파도치고 바람 부는 날 어디 한두 번이랴. 화자는 그런 날 조용히 닻을 내리고 고요함 속에 남과 외부를 탓하는 대신 자신에게 집중하는 힘으로 창조력을 발휘한다. 그래서 이런 시편도 창출되는 것이 아닌가.

4

이제 위에 언급한 모든 것이 갈무리 되었다고 보이는 작품 하나를 더 보자.

> 안부를 묻는다
> 손바닥보다 커다란 쌍떡잎 너에게
> 나의 색은 오래전에 바랬지만
> 꽃술이 없어도 꽃차례가 달려 있다
>
> 달콤함보다 시린 맛으로 송두리째 옮겨진
> 무화과 잎사귀에는 부암동의 터전이 고스란히 살아 있다
>
> 터를 옮기고 살았던 날들이 몇 해인가
> 그동안 우리는 꽃받침을 숨기고 있었다
>
> 아담과 이브가 그랬을까
> 에덴동산에서 떠나올 때도 무화과 잎사귀로 치부를 가렸었지

마당 가득 잎사귀마다 꽉 찬 햇빛들
폭우를 맞고도 의연한 무화과나무가 제 몸의 습기를 말리고 있다

뜨거운 계절의 풍화를 견디는 것은
굳어지고 그늘이 되는
마음을 바꾸고 자주색으로 온몸을 물들여야 하는 것

죽어서야 오롯한 하나의 몸으로 이어지는
한 그루 나무

그리움을 견디는 것은 다디단 씨앗으로 태어난다
안마당에 울퉁불퉁한 무화과나무의 굵은 나이테가 부활을 경험하는 것처럼

온전한 흔적으로 남는다는 것

붙박인 탐라국에서 비탈길 음지의 기억을 끌어안은 채
나는 모신 비바람을 견디어 나간다

–「색色을 버리다」 전문

첫 연에서 화자는 단도직입적으로 "커다란 쌍떡잎사귀에 안부를" 묻는다며 작품의 문을 연다. 그리고 "색은 오래전에 바랬지만" "꽃이 없어도 겨드랑이마다 주렁주렁

꽃차례가 달려있다"고 안부를 물었던 그 '쌍떡잎사귀'를 묘사하는 발화가 이어진다. 구체적인 묘사다. '꽃차례'는 꽃이 줄기나 가지에 붙어 있는 상태를 의미한다. 그런데 꽃차례가 겨드랑이마다 주렁주렁 달려 있지만, 색은 바랬고 꽃도 없다는 말에 우리는 약간 당황함을 느끼게 된다. 도대체 어떤 꽃나무를 말하는 것인가. 그러나 이런 궁금증은 첫 연부터 우리의 상상력을 자극하고 동시에 시적 긴장을 발동시킨다.

우리는 쌍떡잎사귀가 달린 이 꽃나무에 대한 어떤 개연적 설명을 기대하며 다음 연으로 시선을 돌린다. 갑자기 "무화과"가 등장한다. 그런데 화자는 그 나무가 "달콤함보다 시린 맛"으로 옮겨졌고, 몇 해를 "꽃받침을 숨기고" 있었다고 말한다. 대개의 과일은 익어가며 점점 단맛으로 변화한다. 또한 보통 녹색이나 갈색의 '꽃받침'은 꽃잎을 받쳐주는 꽃의 보호기관의 하나다. 그러나 어떻게 이 나무는 '시린 맛'으로 변하고, 게다가 꽃도 없다며 어떻게 꽃받침을 숨긴다는 것인가. 상식에 반하는 이런 역설적 발화에 식물전문가가 아닌 우리 일반 독자는 도대체 무슨 소리인지 납득이 가지 않는다. 내처 다른 단서라도 찾기 위해 다음 셋째 연을 본다.

"온전한 흔적으로 남는다는 것"이 전부다. 관념적으로 다가오는 이 말은 나무에 대한 객관적 정보나 지식을 알려주는 것이 아니다. 이어지는 연에서의 "자주색으로 온몸을 물들여야 하는 것"이라는 말도 마찬가지다. 오히려

나무의 비유적 표현으로 느껴진다.

우리는 다섯째 연, "무화과 잎사귀로 치부를 가렸다"는 에덴동산의 아담과 이브 얘기를 보고서야 작품에서의 이 나무가 확실히 '무화과'임을 인지한다. 그리고 잠시 숨을 고르며 무화과에 대해 생각해본다.

'무화과無花果'는 '무화과나무'의 준말이자 '그 나무의 열매'를 가리키기도 한다. 여기서 우리는 '무화無花'라는 말 자체가 '꽃 없음'을 의미한다는 것을 알게 된다. 즉 '꽃 없는 나무'다. 자료를 찾아보니 "이름이 무화과인 이유는, 겉으로 봐서는 아무리 찾아도 꽃을 볼 수 없기 때문이다. 무화과를 따보면 열매처럼 생겼지만 사실 속의 먹는 부분이 꽃이다. 즉 우리의 눈에 보이는 열매껍질은 사실 꽃받침이며, 내부의 붉은 것이 꽃이다. 무화과의 과즙 또한 엄밀히 말하자면 무화과꽃의 꿀이다."라는 정보를 얻게 된다. 이제 우리의 의문과 궁금증은 해소된다.

'열매 안'이 꽃이고 '열매껍질'이 꽃받침이라니 우리는 다만 열매 자체만 볼 수 있을 뿐 꽃도 꽃받침도 볼 수 없다는 말은 이치에 정확히 맞는다. 무화과에 포함된 단백질 분해 효소 때문에 이 과일을 많이 먹으면 혀가 시리고 따갑다고 한다. "달콤함보다 시린 맛"으로 옮겨간다는 말도 타당한 발화다. 또한 무화가가 익으면 과일도 과육도 자주색으로 변한다. "자주색으로 온몸을 물들여야 하는 것"이란 표현도 당연한 말이다.

여섯째 연에서 그 무화과는 이제 "마당 가득 잎사귀마다" "폭우를 맞고도" 의연하게 햇빛을 받고 "제 몸의 습기를 말리고 있다" 계절은 "여름의 기운이 한풀 꺾이고" 수확의 계절이 머지않을 때다. 하루하루 "내일을 채워가는 무화과"는 이제 부활의 시간을 꿈꾸고 있는 것이다.

화자는 이어 "마음은 어디에도 있고/ 미움은 어디에도 없다"고 무화과를 표현한다. '마음'과 '미움'이란 유음이어가 아이러니로 작동하며 무화과의 성정을 아름답게 묘사하는 대목이다. 시인은 이처럼 음은 유사하지만, 뜻은 전혀 다른 어휘를 결합함으로 시의 미학적 효과를 한껏 배가시키고 있다. 허기야 "죽어서야 오롯한 하나의 몸"으로 이어지는 무화과의 '마음'은 꽃, 열매, 잎 어디에도 있겠지만 따로 '미움'을 둘 데가 또 어디에 있겠는가. 이제 그 무화과는 "한 그루 나무"로 "안마당에 온전히 모셔"져 있다.

마지막 연에서 화자는 "탐라국에서 포로가 되어 어두운 기억을 놓은 채 바람을 견딘다"고 다시 '안마당의 무화과'를 묘사하며 작품을 마감한다. '탐라국의 포로'란 말이 눈길을 끈다. 이는 무화과만을 가리키는 것인가. '이주민'인 화자 자신도 '탐라국의 포로'가 되는 것이 아닌가.

그렇다. 앞서 폭우를 맞고도 의연한 무화과를 "나의 나무"라고 화자는 지칭했다. 이때의 조사 '의'는 꼭 소유를 뜻하는 것만이 아니다. 얼마든지 '나 같은 나무' '나라는 나무'로도 해석할 수 있다. 지금까지의 무화과에 대한 모든 묘사는 실상 화자 자신의 심경을 비유하고 있다고 볼 수 있다.

그렇다. 무화과는 빨간 꽃, 노란 꽃을 피우지 않는다. 그저 "뜨거운 계절의 풍장"을 견디며 "자주색으로 온몸을 물들여" 갈 뿐이다. 여기서 우리는 이 말이 시제 「색을 버리다」와 함축된 의미로 직결되고 있음을 파악할 수 있다. 그렇다고 해서 화자의 시각이 부정적인 것만은 아니다. 나무는 "어두운 기억"을 버린 채 탐라의 바람을 맞고 있다. 화자도 마찬가지다.

시인은 자신의 감정과 이에 따른 관념을 직설적으로 표출하지 않는다. 그는 하늘의 달을 가리킨 것이 아니라 물 위에 일렁이는 달을 가리키고 있었을 뿐이다.

5

앞의 작품들을 보며 우리는 염화출 글쓰기의 또 다른 큰 특징을 발견하게 된다. 어떤 텍스트가 다른 텍스트를 인용하거나 변형시켜 서로 관련을 맺는 '상호텍스트성'은 현대시의 가장 핵심적인 지배소의 하나다. 흔히 '모자이크'에 비유되기도 하는 이 상호텍스트성은 시인의 많은 작품에서 서로 연계되고 있다. '모든 의미체계는 다양

한 의미체계들의 전위傳位의 장'에 불과하다는 말은 염화출의 시편들을 정독하다 보면 아주 적절한 것으로 생각된다. 몇 가지 예만 들어보자.

우리는 〈시인의 말〉에서 시인이 "뭍을 떠나" 아스라이 먼 "섬이 되었다"는 발화를 듣는다. 이 말은 시인이 제주의 '이주민'이 되어 살고 있다는 것을 의미한다. 그리고 이는 「제주 가시리」에서의 "이주민의 정착지"라는 말과, 「색色을 버리다」에서의 "탐라국에서 포로가 되어"라는 문장과 즉시 연결된다. 이외에도 "이주민의 터전"(「제주 삼춘」)이란 말은 물론 "유배지"(「이 봄의 향기는」), "머나먼 화산섬에 정착한 시간들"(「접목의 기억」)과 같은 말과도 밀접한 의미의 공유관계를 갖는다. 모두가 시인 자신의 '제주 이주'라는 직접적인 경험과 관련을 갖고 있는 것이다.

> 돛배 타고 물길 따라 먼바다로 떠나고 싶은/ 나는 전생의 잠녀였을까/ 어쩌자고 여기까지 흘러왔을까(…)// 헝클어진 물살 너머 잔잔한 남쪽 바다에 닿고서야/ 참았던 숨비소리를 내뱉는다// 짠 물에 부르튼 맨발로
>
> –「나의 부력」 부분

시인의 처한 삶과 그에 대한 심정이 여실하게 드러나고 있다. 시인은 "어쩌자고 여기까지 흘러왔을까" 물으며 그 원인을 자신의 전생이 "잠녀潛女", 즉 해녀였기 때

문일 것으로 생각하고 있다. 아름다운 시적 발상이다. 그리고 "남쪽 바다에 닿고서야/ 참았던 숨비소리를 내뱉는다"고 말한다. 이 말은 앞의 「색을 버리다」에서 무화과로 비유된 시인이 "어두운 기억을 놓은 채" 탐라의 "바람을 견딘다"는 발화와 즉시 연계된다.

해녀가 바다 위에 떠 올라 '참던 숨을 휘파람같이 내쉬는 소리'가 숨비소리다. 이때 해녀는 물속의 "어두운 기억"은 잊어버린다. "미움은 어디에도 없다" 아주 긍정적인 발화다. 그러나 바닷사람이 바닷바람을 견뎌야 하는 것은 또한 어쩔 수 없는 현실이다. "짠 물에 부르튼 맨발"이란 대목은 '바람을 견딘다'라는 말과 의미체계를 공유하며 신산한 삶을 비유하는 절창이다. 그러나 바닷물에 씻길 맨발은 깨끗하고 아름답다. 향내 나는 발이 아닐 수 없다.

물론 위 작품에는 제주의 '잠녀'와 직결되는 '숨비소리는' 물론 '태왁' '자맥질'과 같은 어휘가 등장한다. 이처럼 작품들에는 제주와 관련된 수많은 말들이 견인되며 연계되고 있는데 당장 「싸락눈 내리는 날의 시」에서는 "만생종 감귤"이 독거노인을 비유하고 있고, 「색을 버리다」에서는 "무화과"가 화자 자신을 비유하고 있지 않은가. 둘 다 섬의 특산물이다. 그런데 이 열매는 「접목의 기억」이란 작품에서 "처서가 오고 열매는 흑자색으로 물들어간다/ 꽃이 열매 속에 스민 바람의 과육들"이란 표현으로 그 특성이 고스란히 반복되며 묘사되고 있다.

일일이 열거하자면 끝이 없을 정도다. 시제로 견인된 말만 살펴보자.

「제주 가시리」「가시꽃」「댕유자처럼」「금등화」「먹낭」「백년초」「비양봉」「불두화」「제주삼춘」「하귤나무 심기」 등. 제주의 지명, 꽃 이름, 나무 이름 등이 망라되고 있다. '시제'만으로도 이 정도니 본문에는 훨씬 많은 텍스트들이 다른 외부 텍스트들과 상호 연계되고 있을 것임은 당연하다.

상호 텍스트성과 관련하여 절대로 간과해서는 안 될 것이 하나 더 있다. 그것은 시인이 작품에 구사하고 있는 '제주방언'이다. 이것도 일일이 거명하자면 한이 없다. 시인이 직접 주석을 달아 설명하고 있는 지역 방언들만 살펴보자.

'모살밭'(「제주 가시리」)이라는 말은 '모래밭'을 말하는 제주방언이다. 마찬가지로 '따뜻하다'는 것을 가리키는 '맨도롱하다'(「이 봄밤의 향기는」), '자연적으로 형성된 연못'을 뜻하는 '저거홀'(「고독한 러너」), '삼나무'를 가리키는 '쑥대낭'(「말씀의 사원」), '먼나무'를 말하는 '먹낭'(「먹낭」)과 같은 제주방언들이 작품들 속에 반짝이고 있다.

나는 앞에서 염화출의 시작품들은 모두가 시인 자신의 '직접적 경험'과 관련을 갖고 있다고 말한 바 있다. 그 경험들은 어휘로 혹은 문장으로 다양하게 그 의미체계의 연관을 가지며 상호텍스트성으로 작품 간에 서로 아름답게 조화를 이루고 있다.

나는 시인의 작품들을 독서하며 내내 제주의 바닷바람의 향내를 '즐기기도' 했고 때로는 '견디기도' 했다. 좋은 독서 기회였다. 계속되는 건필을 기대한다.

황금알 시인선

01 정완영 시집 | 구름 山房산방
02 오탁번 시집 | 손님
03 허형만 시집 | 첫차
04 오태환 시집 | 별빛들을 쓰다
05 홍은택 시집 | 통점痛點에서 꽃이 핀다
06 정이랑 시집 | 떡갈나무 잎들이 길을 흔들고
07 송기흥 시집 | 흰빰검둥오리
08 윤지영 시집 | 물고기의 방
09 정영숙 시집 | 하늘새
10 이유경 시집 | 자갈치통신
11 서춘기 시집 | 새들의 밥상
12 김영탁 시집 |새소리에 몸이 절로 먼 산 보고 인사하네
13 임강빈 시집 | 집 한 채
14 이동재 시집 | 포르노 배우 문상기
15 서 량 시집 | 푸른 절벽
16 김영찬 시집 | 불멸을 힐끗 쳐다보다
17 김효선 시집 | 서른다섯 개의 삐걱거림
18 송준영 시집 | 습득
19 윤관영 시집 | 어쩌다, 내가 예쁜
20 허 림 시집 | 노을강에서 재즈를 듣다
21 박수현 시집 | 운문호 붕어찜
22 이승욱 시집 | 한숨짓는 버릇
23 이자규 시집 | 우물치는 여자
24 오창렬 시집 | 서로 따뜻하다
25 尹錫山 시집 | 밥 나이, 잠 나이
26 이정주 시집 | 홍등
27 윤종영 시집 | 구두
28 조성자 시집 | 새우깡
29 강세환 시집 | 벚꽃의 침묵
30 장인수 시집 | 온순한 뿔
31 전기철 시집 | 로깡땡의 일기
32 최을원 시집 | 계단은 잠들지 않는다
33 김영박 시집 | 환한 물방울
34 전용직 시집 | 붓으로 마음을 세우다
35 유정이 시집 | 선인장 꽃기린
36 박종빈 시집 | 모차르트의 변명
37 최춘희 시집 | 시간 여행자
38 임연태 시집 | 청동물고기
39 하정열 시집 | 삶의 흔적 돌
40 김영석 시집 | 거울 속 모래나라
41 정완영 시집 | 詩菴시암의 봄
42 이수영 시집 | 어머니께 말씀드리죠
43 이원식 시집 | 친절한 피카소
44 이미란 시집 | 내 남자의 사랑법法
45 송명진 시집 | 착한 미소
46 김세형 시집 | 찬란을 위하여
47 정완영 시집 | 세월이 무엇입니까
48 임정옥 시집 | 어머니의 완장
49 김영석 시선집 | 모든 구멍은 따뜻하다
50 김은령 시집 | 차경借景
51 이희섭 시집 | 스타카토
52 김성부 시집 | 달항아리
53 유봉희 시집 | 잠깐 시간의 발을 보았다
54 이상인 시집 | UFO 소나무
55 오시영 시집 | 여수麗水
56 이무권 시집 | 별도 많고
57 김정원 시집 | 환대
58 김명린 시집 | 달의 씨앗
59 최석균 시집 | 수담手談
60 김요아킴 야구시집 | 왼손잡이 투수
61 이경순 시집 | 붉은 나무를 찾아서
62 서동안 시집 | 꽃의 인사법

63 이여명 시집 | 말뚝
64 정인목 시집 | 짜구질 소리
65 배재열 시집 | 타전
66 이성렬 시집 | 밀회
67 최명란 시집 | 자명한 연애론
68 최명란 시집 | 명랑생각
69 한국의사시인회 시집 | 닥터 K
70 박장재 시집 | 그 남자의 다락방
71 채재순 시집 | 바람의 독서
72 이상훈 시집 | 나비야 나비야
73 구순희 시집 | 군사 우편
74 이원식 시집 | 비둘기 모네
75 김생수 시집 | 지나가다
76 김성도 시집 | 벌락마을
77 권영해 시집 | 봄은 경력 사원
78 박철영 시집 | 낙타는 비를 기다리지 않는다
79 박윤규 시집 | 꽃은 피다
80 김시탁 시집 | 술 취한 바람을 보았다
81 임형신 시집 | 서강에 다녀오다
82 이경아 시집 | 겨울 숲에 들다
83 조승래 시집 | 하오의 숲
84 박상돈 시집 | 와! 그때처럼
85 한국의사시인회 시집 | 환자가 경전이다
86 윤유점 시집 | 내 인생의 바이블 코드
87 강석화 시집 | 호리천리
88 유 담 시집 | 두근거리는 지금
89 엄태경 시집 | 호랑이를 탔다
90 민창홍 시집 | 닭과 코스모스
91 김길나 시집 | 일탈의 순간
92 최명길 시집 | 산시 백두대간
93 방순미 시집 | 매화꽃 펴야 오겄다
94 강상기 시집 | 콩의 변증법
95 류인채 시집 | 소리의 거처
96 양아정 시집 | 푸줏간집 여자
97 김명희 시집 | 꽃의 타지마할
98 한소운 시집 | 꿈꾸는 비단길
99 김윤희 시집 | 오아시스의 거간꾼
100 니시 가즈토모(西一知) 시집 | 우리 등 뒤의 천사
101 오쓰보 레미코(大坪れみ子) 시집 | 달의 얼굴
102 김 영 시집 | 나비 편지
103 김원옥 시집 | 바다의 비망록
104 박 산 시집 | 무야의 푸른 샛별
105 하정열 시집 | 삶의 순례길
106 한선자 시집 | 울어라 실컷, 울어라
107 김영철 어린이시조집 | 마음 한 장, 생각 한 겹
108 정영운 시집 | 딴청 피우는 여자
109 김환식 시집 | 버팀목
110 변승기 시집 | 그대 이름을 다시 불러본다
111 서상만 시집 | 분월포芬月浦
112 잇시키 마코토(一色真理) 시집 | 암호해독사
113 홍지헌 시집 | 나는 없네
114 우미자 시집 | 첫 마음에 닿는 길
115 김은숙 시집 | 귀뚜
116 최연홍 시집 | 하얀 목화꼬리사슴
117 정경해 시집 | 술항아리
118 이월춘 시집 | 감나무 맹자
119 이성률 시집 | 둘레길
120 윤범모 장편시집 | 토함산 석굴암
121 오세경 시집 | 발톱 다듬는 여자
122 김기화 시집 | 고맙다
123 광복70주년, 한일수교 50주년 기념 한일 70인 시선집 | 생의 인사말
124 양민주 시집 | 아버지의 늪

125 서정춘 복간 시집 | 죽편竹篇
126 신승철 시집 | 기적 수업
127 이수익 시집 | 침묵의 여울
128 김정윤 시집 | 바람의 집
129 양 숙 시집 | 염천 동사炎天 凍死
130 시문학연구회 하로동선夏爐冬扇 시집
| 안개가 자욱한 숲이다
131 백선오 시집 | 월요일 오전
132 유정자 시집 | 무늬
133 허윤정 시집 | 꽃의 어록語錄
134 성선경 시집 | 서른 살의 박봉 씨
135 이종만 시집 | 찰나의 꽃
136 박중식 시집 | 산곡山曲
137 최일화 시집 | 그의 노래
138 강지연 시집 | 소소
139 이종문 시집 | 아버지가 서 계시네
140 류인채 시집 | 거북이의 처세술
141 정영선 시집 | 만월滿月의 여자
142 강홍수 시집 | 아비
143 김영탁 시집 | 냉장고 여자
144 김요아킴 시집 | 그녀의 시모노세끼항
145 이원명 시집 | 즈믄 날의 소묘
146 최명길 시집 | 히말라야 뿔무소
147 시문학연구회 하로동선夏爐冬扇 시집 2 | 출렁, 그대가 온다
148 손영숙 시집 | 지붕 없는 아이들
149 박 잠 시집 | 나무가 하늘뼈로 남았을 때
150 김원욱 시집 | 누군가의 누군가는
151 유자효 시집 | 꼭
152 김승강 시집 | 봄날의 라디오
153 이민화 시집 | 오래된 잠
154 이상원李相源 시집 | 내 그림자 밟지 마라
155 공영해 시조집 | 아카시아 꽃숲에서
156 미즈타 노리코(水田宗子) 시집 | 귀로
157 김인애 시집 | 흔들리는 것들의 무게
158 이은심 시집 | 바닥의 권력
159 김선아 시집 | 얼룩이라는 무늬
160 안평옥 시집 | 불벼락 치다
161 김상현 시집 | 김상현의 밥詩
162 이종성 시집 | 산의 마음
163 정경해 시집 | 가난한 아침
164 허영자 시집 | 투명에 대하여 외
165 신병은 시집 | 곁
166 임채성 시집 | 왼바라기
167 고인숙 시집 | 시련은 깜찍하다
168 장하지 시집 | 나뭇잎 우산
169 김미옥 시집 | 어느 슈퍼우먼의 즐거운 감옥
170 전재욱 시집 | 가시나무새
171 서범석 시집 | 짐작되는 평촌역
172 이경아 시집 | 지우개가 없는 나는
173 제주해녀 시조집 | 해양문화의 꽃, 해녀
174 강영은 시집 | 상냥한 시론詩論
175 윤인미 시집 | 물의 가면
176 시문학연구회 하로동선夏爐冬扇 시집 3 | 사랑은 종종 뒤에 있다
177 신태희 시집 | 나무에게 빚지다
178 구재기 시집 | 휘어진 가지
179 조선희 시집 | 애월에 서다
180 민창홍 시집 | 캥거루 백bag을 멘 남자
181 이미화 시집 | 치통의 아침
182 이나혜 시집 | 눈물은 다리가 백 개
183 김일연 시집 | 너와 보낸 봄날
184 장영춘 시집 | 단애에 걸다
185 한성례 시집 | 웃는 꽃

186 박대성 시집 | 아버지, 액자는 따스한가요
187 전용직 시집 | 산수화
188 이효범 시집 | 오래된 오늘
189 이규석 시집 | 갑과 을
190 박상옥 시집 | 끈
191 김상용 시집 | 행복한 나무
192 최명길 시집 | 아내
193 배순금 시집 | 보리수 잎 반지
194 오승철 시집 | 오키나와의 화살표
195 김순이 시선집 | 제주야행濟州夜行
196 오태환 시집 | 바다, 내 언어들의 희망 또는 그 고통스러운 조건
197 김복근 시조집 | 비포리 매화
198 시문학연구회 하로동선夏爐冬扇 시집 4 | 너에게 닿고자 불을 밝힌다
199 이정미 시집 | 열려라 참깨
200 박기섭 시집 | 키 작은 나귀 타고
201 천리(陳黎) 시집 | 섬나라 대만島/國
202 강태구 시집 | 마음의 꼬리
203 구명숙 시집 | 뭉클
204 옌즈(阎志) 시집 | 소년의 시少年辞
205 문학청춘작가회 동인지 2 | 그날의 그림자는 소용돌이치네
206 함국환 시집 | 질주
207 김석인 시조집 | 범종처럼
208 한기팔 시집 | 섬, 우화寓話
209 문순자 시집 | 어쩌다 맑음
210 이우디 시집 | 수식은 잊어요
211 이수익 시집 | 조용한 폭발
212 박 산 시집 | 인공지능이 지은 시
213 박현자 시집 | 아날로그를 듣다
214 시문학연구회 하로동선夏爐冬扇 시집 5 | 너를 버리자 내가 돌아왔다
215 박기섭 시집 | 오동꽃을 보며
216 박분필 시집 | 바다의 골목
217 강흥수 시집 | 새벽길
218 정병숙 시집 | 저녁으로의 산책
219 김종호 시선집
220 이창하 시집 | 감사하고 싶은 날
221 박우담 시집 | 계절의 문양
222 제민숙 시조집 | 아직 괜찮다
223 문학청춘작가회 동인지 3 | 고양이가 앉아 있는 자세
224 신승준 시집 | 이연당집怡然堂集 · 下
225 최 준 시집 | 칸트의 산책로
226 이상원 시집 | 변두리
227 이일우 시집 | 여름밤의 눈사람
228 김종규 시집 | 액정사회
229 이동재 시집 | 이런 젠장 이런 것도 시가 되네
230 전병석 시집 | 천변 왕버들
231 양아정 시집 | 하이힐을 믿는 순간
232 김승필 시집 | 옆구리를 수거하다
233 강성희 시집 | 소리, 그 정겨운 울림
234 김승강 시집 | 회를 먹던 가족
235 김순자 시집 | 서리꽃 진자리에
236 신영옥 시집 | 그만해라 가을산 무너지겠다
237 이남미 시집 | 바람의 연인
238 양문정 시집 | 불안 주택에 거居하다
239 오하룡 시집 | 그 너머의 시
240 문학청춘작가회 동인지 4 | 참꽃
241 민창홍 시집 | 고르디우스의 매듭
242 김민성 시조집 | 간이 맞다
243 김환식 시집 | 생각이 어둑어둑해질 때까지
244 강덕심 시집 | 목련, 그 여자
245 김유 시집 | 떨켜 있는 삶은
246 징드리문학 제10집 | 바람의 씨앗

247 오승철 시조집 | 사람보다 서귀포가 그리울 때가 있다
248 고성진 시집 | 솔동산에 가 봤습니까
249 유자효 시집 | 포옹
250 곽병희 시집 | 도깨비바늘의 짝사랑
251 한국 · 베트남 공동시집 | 기억의 꽃다발, 짙고 푸른 동경
252 김석렬 시집 | 여백이 있는 오후
253 김석 시집 | 괜찮다는 말 참, 슬프다
254 박언휘 시집 | 울릉도
255 임희숙 시집 | 수박씨의 시간
256 허형만 시집 | 만났다
257 최순섭 시집 | 플라스틱 인간
258 김미옥 시집 | 목련을 빚는 저녁
259 전병석 시집 | 화본역
260 엄영란 시집 | 장미와 고양이
261 한기팔 시집 | 겨울 삽화
262 문학청춘작가회 동인지 5 | 파킨슨 아저씨
263 강흥수 시집 | 비밀번호 관리자
264 오승철 시조집 | 다 떠난 바다에 경례
265 김원옥 시집 | 울다 남은 웃음
266 서정춘 복간 시집 | 죽편竹篇
267 (사)한국시인협회 | 경계境界
268 이돈희 시선집
269 한국의사시인회 시집 | 바람의 이름으로
270 김병택 시집 | 서투른 곡예사
271 강희근 시집 | 파주기행
272 신남영 시집 | 명왕성 소녀
273 염화출 시집 | 제주 가시리